licht | schreiben

fotografie-literatur-konstellationen

herausgegeben von bettina fischer, thomas böhm,
norbert moos und thomas appel

emons:

Gestaltung und Produktion: Thomas Jarzina
Druck und Bindung: Druck & Grafik Siebel, Lindlar
Printed in Germany 2009
ISBN 978-3-89705-655-8

www.emons-verlag.de

vorwort

Das Licht sollte nur da sein, insofern Sie es sehen?
Nein! Sie wären nicht da, wenn das Licht Sie nicht sähe.
Johann Wolfgang von Goethe

licht|schreiben: Schriftstellerinnen und Schriftsteller wurden vom Literaturhaus Köln eingeladen, sich mit Werken namhafter Fotografen aus der Sammlung Moos literarisch auseinanderzusetzen.
Vierzig Fotografie-Literatur-Konstellationen sind entstanden: Miniaturen, Essays, Gedichte, Geschichten, Reflexionen über Fotografen und Erzähler, Augenblicke und Zeitverläufe, Landschaften und Gefühlspanoramen. licht|schreiben zeigt, was in Fotografien und was in Worten erzählbar ist. Zu lesen in diesem Buch, zu besuchen in der Ausstellung licht|schreiben im Forum für Fotografie vom 28. Februar bis 9. April 2009.

Unser Dank gilt den Förderern unserer Idee und deren Präsentation: der Kunststiftung NRW, dem Land Nordrhein-Westfalen für die Förderung des die Ausstellung begleitenden Jugendprogramms und der RheinEnergieStiftung Kultur. Und der Dank gilt den Autorinnen und Autoren.

Bettina Fischer, Thomas Böhm, Norbert Moos und Thomas Appel

antanas sutkus | sabine küchler

Childhood, dzukija 1969

Als Kind wollte ich eine Zeit lang immerzu Bilder machen. Bilder von uns. Bilder der Welt, wie sie vor mir ausgesehen hatte. Bilder meiner Eltern, als sie noch keine Eltern waren, einander nicht kannten, als alles Mögliche vor ihnen lag, andere Träume, andere Entscheidungen, als sie selbst noch Kinder waren, nicht größer als ich. In meiner Familie war schon immer leidenschaftlich fotografiert worden. Die Kameras standen Spalier im Regal und ließen mich nicht aus den

Augen. Man hätte gut und gern die Geschichte unserer Familie anhand der wechselnden Fotoapparate und Kamerataschen, der fiebrig zusammengesparten und irgendwann überholten Objektive, Balgengeräte, Effektfilter erzählen können. Mein Großvater war noch in den Schrank seiner Eltern gekrochen und hatte die Bilder im Schatten der Kleider entwickelt. Seine selbstgebastelte Lochkamera mit Samtverschluss war Legende, die kleinwüchsigen, erstaunlich schwer und verlässlich in der Hand liegenden Kameras kamen später. Ein paar Jahre nach meiner Geburt baute mein Vater im Keller einen Tisch aus Spanplatten mit eingelassenen Wannen für Entwickler, Fixierer, fließendes Wasser ganz rechts. Ich verstand ziemlich schnell: wer Kinder bekam, musste sie fotografieren, sonst waren sie so gut wie nicht auf der Welt. Wer jemanden verlor, musste Fotos haben für die Erinnerung. Wer verreiste, musste fotografieren für die Daheimgebliebenen. Wer heimkam, musste fotografiert werden, damit die Reiselust niemals aus seinen Augen verschwand. Wer unter die Fotografen wollte, machte sich besser bald mit ihren Grundsätzen vertraut. Fotografieren war eine Haltung zur Welt, etwas für Leute, die es genau wissen wollen, die nah rangehen, alles sehen, alles behalten wollen und dabei doch selbst unsichtbar bleiben. Erste Regel: ein anständiger Mensch geht nie ohne Belichtungsmesser aus dem Haus. Zweite Regel: nur Narren und kleinherzige Knipser fotografieren in Farbe. Schwarzweiß ist das Wesen der Fotografie. Es ließ sich endlos debattieren über den wahren Film, der die feinsten Nuancen herauskitzelte, das endgültige Fotopapier, das unserer Sehnsucht nach harten Kontrasten, satten Schwarzvarianten, einer abgestimmten Chromatik der Grautöne am besten entsprach.

Wenige Monate zuvor war ich mit Pinzette und Fläschchen durch den Garten geschlichen, um Rosenblätter in Saft zu verwandeln. Etwas Großes, eine Ahnung von Inspiration und Genie umgab mich – ich wusste bloß nicht, welche Richtung ich einschlagen sollte, welchem Fingerzeig der Bestimmung folgen. Nun machte ich Bilder. Bilder von uns. Bilder der Welt, wie sie vor mir ausgesehen hatte. Bilder meiner Eltern, als sie noch keine Eltern waren, einander nicht kannten, als sie selbst noch Kinder waren, nicht größer als ich. Nach der Schule schlüpfte ich in den Kittel und stieg in den Keller hinab, sah das weiße Papier im Entwickler schweben und langsam ergrauen. Milchige Schlieren, Regensäume wuchsen ins Blatt. Plötzlich die Spur eines Gesichts, einer Landschaft. Wenn man nicht aufpasste, versank alles in Schwärze.

Kindheit – so kann ich sie sehen auf diesem Bild von Antanas Sutkus: verträumt und voll von unerfülltem Glück trägt der Junge die Laterne aus Laub vor sich her. Man könnte glauben, die Dorfstraße würde heller durch ihn.

antanas sutkus | steffen kopetzky

Glückliche Tage, als der vom Vater geformte Schneeball ein großartiges Geschenk war, dem rotbeißend kalten Stoff abgetrotzt, von vollkommen runder, polierter Glätte und eisiger Wurfkraft.

Wolken gab es, die im Himmelsblau schwammen, einzig und allein, um der Phantasie des Knaben ein federndes Sprungbrett zu sein, ein weltgewaltiges Spielzeug, den kleinsten Händen zu greifen, und gerade denen.

Wer damals hätte mir sagen können, dass mein Leben bedeuten würde, im ewigen Kampf mit jeder Art von Abschweifung zu stehen – immer wieder, von allem, von mir Abschied zu nehmen, um mich auf ein Teilchen davon zu konzentrieren, welches ich dadurch, dass ich mich darauf konzentriere, nicht mehr bin.

Herrlich, etwas nicht mehr zu sein.

Doch zuvor: Abschweifungen. Gestrichenes. So viele Wege, beschritten, aber nicht begangen.
Wie lange man doch auf einem Absatz verharren kann, insgeheim hoffend, der Sohn möge, aus der Obhut der Erzieherinnen entlassen, nach Hause zurückkehren und sich über das Verbot

des Dichterhaushalts hinwegsetzen, der Vater dürfe nicht gestört werden, bei der Arbeit.

Doch der Knabe ist gewitzt. Er kennt die Wege. Wie er urplötzlich, einem Lichtdurchbruch beiseite gefegter Wolkengründe gleich an der Glastür steht, sieht man, dass der Nachhauseweg mit dem nach Hause kommen interessant wurde.

Voller Stolz zeigt er den Stecken, dann macht er auf dem Absatz kehrt, und lässt mich zurück. Den Bewunderer seiner Reichtümer.

Pfaffenhofen, 26. Dezember 08

barbara klemm | judith kuckart

Liegnitz, Polen, 1977

Liegnitz, Polen 1977.

Am Morgen des 31. Mai 2000 fanden die zwei Grenzpolizisten Marek Jarysch und sein jüngerer Cousin Otto bei Küstrin auf polnischer Seite einen roten Volvo mit deutschem Kennzeichen. Die vier Türen standen offen, und das Radio spielte einen deutschen Sender. Auch der Kofferraum war unverschlossen. Sie schoben die Polizeimützen zurück ins Haar und stellten mehrere Objekte sicher. Eine gestreifte Polentasche mit Würsten und eingelegten Gurken, Schnaps und drei Gläsern Letscho. Einen Rucksack Marke Eastpack mit Damenkleidung und zwei Krimis von Simenon. Einen kleinen schwarzen Lederkoffer, an den Ecken goldbeschlagen, mit Herrenkleidung darin. Einen großen braunen Herrenkoffer, Lederimitat, mit einem Kruzifix und einem Bildband »Blick nach Osten« im Innenfach des Deckels. Marek blätterte darin herum und hielt bei einem Foto inne. »Liegnitz, Polen 1977«. Ein Pferdekarren fuhr ihm aus dem Foto, ja aus einer längst vergangenen, schwarz-weiß gewordenen Zeit entgegen. Er erinnerte ihn an ein anderes Fuhrwerk, ebenfalls vor langer Zeit. Jenes Fuhrwerk hatte Mist geladen und versucht, sich in einen Kreisverkehr einzuschleusen, auf einer ziemlich befahrenen Straße in Krakau. Die Autos ließen ihm Vortritt. Als habe es die Verlegenheit des Bauern bemerkt, versuchte das schwere Pferd mit allen vier Hufen gleichzeitig von der Stelle zu kommen, trat sich selbst in die Hacken und scheiterte am eigenen Galopp. Es schlug mit Hals und Kopf nervös eine Acht. Einen Moment lang hatte Marek, der da noch ein kleiner Marek gewesen war, das Weiße in den Augen des Pferdes sehen können.

Die beiden jungen Polizisten gaben per Funk das Nummernschild des Volvos durch. Dann machten sie sich im Grenzgebiet auf die Suche nach zwei Männern und einer jüngeren Frau, vermutlich Deutsche. Als es Mittag wurde, hielten die beiden Polizisten bei einer Tankstelle mit Bar. Sie fragten den Tankwart, ob ihm etwas aufgefallen sei, in den vergangenen vierundzwanzig Stunden.
»Warten Sie.«
Der Tankwart schob nach wenigen Minuten ein sehr verschlafenes, sehr junges Mädchen vor sich her. »Ela«, sagte er streng. Sie gähnte.
»Ein Mann, vermutlich älter, eine Frau, vermutlich jünger, und ein zweiter Mann, schwarz gekleidet und lang wie eine tote Bohnenstange und vermutlich Priester«, sagte Ela aus. Wieder gähnte sie, sprach nicht weiter und toupierte mit den Fingern an ihrem gelben Haar herum.
»Und sonst so, Fräulein Ela?«, fragte Marek und dachte wieder an das Pferdefuhrwerk dabei. Alle Geschichten gehören irgendwie zusammen? Ela war siebzehn oder so. Ihre Nase glänzte und ihre Schulter auch. Sie trug ein Hemdchen mit Spaghettiträgern und darunter einen gelben BH. Marek sah auf das Stück Haut zwischen Träger und Träger. Tankstelle und Bar schienen wie übrig geblieben aus den fünfziger Jahren. Rot und Blau. Die Farben hatten etwas Klares und Verwaschenes zugleich. Für einen Moment betrachtete der polnische Grenzpolizist Marek, was er sah, mit den Augen eines deutschen Touristen, wenn der nach Osten schaut.
»Die Frau hat mich interessiert, die Männer nicht, die waren auch schon alt. Die Frau aber sah schön, aber auch ganz schön

müde aus.« Ela gähnte wieder.
»Ich glaube, Sie gehen sich jetzt mal die Zähne putzen, Fräulein Ela«, sagte Marek. Dann kehrten beide Polizisten zu ihrem Auto zurück.
»Soll es ja geben, dass ein Mensch verschwindet, man seine Spur findet, aber ihn selbst nicht mehr«, sagte Otto.
»Ein Mensch, ja«, sagte Marek, »aber drei?«

Trams turning the corner at Galatasaray on a snowy day, 1960

Hüzün in Istanbul

Ich habe nicht die Absicht zu reisen, sagte mir ein Dichter,
aber wenn ich reiste,
dann würde ich mitten im Winter fahren,
ich würde direkt nach Istanbul fahren,
ich würde nach Pera fahren
und dort zur geschäftigsten Kreuzung,
Istiklal Caddesi Ecke Galatasaray.
Und was sähe ich da? Ich wäre erstaunt.
Ein Schneeflockentreiben, selten ist das,
nicht viele Menschen auf den Straßen, ungewöhnlich auch das,
vielleicht sind die Menschen in den Straßenbahnen
und frieren in der Nr. 19, die von Eminönü heraufkommt,
und in der Nr. 16, die nach Macka rattert.
Auch der zwischen den Trams eingeklemmte Polizist friert.
Die Leuchtreklamen sind ausgeknipst.
Aber es ist ja auch Tag. Sehr grauer Tag.
Die Häuser kehren ihre Melancholie nach außen.
Nach ihr, sagt er, nach Hüzün suchte ich, würde ich fahren.
Der Dichter lächelt vor sich hin.
Die Leute in den Straßenbahnen halten ihn für verrückt.

ara güler | hendrik jackson

Das Auffälligste an diesem Bild: Schnee in der Türkei, ist zugleich, aus einem Winterland gesehen, das zunächst Uninteressanteste. Vielleicht fiel mir deshalb unbekümmert eine Strophe aus einem meiner Gedichte ein, das im Sommer, dazu im Park spielt, aber neben einer Kreuzung.

Kreuzungen (Tramlinien, Frequenzen)

Masten, Leitungen, Passanten. Wellenschlag um Wellenschlag, Verschwinden.
(Hinter dir ein hohes Jahr). Mähnen, Ströme, Autoschlangen – Hob
Dennoch etwas an. Ein Park. Befangen – kehrte es ein Rauhes in den
Worten vor. Der Kopf im Gras – wie es aus allen Tönen eines wob:

Dann hebt das Gedicht ätherisch ab. Das kann man von diesem Bild nicht eben behaupten. Es bleibt ganz im Zugestellten der Städte verkeilt.
Schön ist der Wust der Häuser im Hintergrund und der verschwindende Polizist zwischen den Trams. Die 19 und die 16. Wechselspiel, Licht und Schatten, gegenläufige Bewegungen ...
Es muss etwas dahinter geben, ein Geheimnis, das die Stadt nicht verrät, eher vergräbt. Wie es aus allen Tönen eines weben würde: einen Moment. Der scheint zugleich ein Beginn, vielleicht ein Daumenkino, dies nur das erste Bild? Gleich schält sich hinter der Tram ein Mensch heraus, den wir nicht sehen konnten. Gleich wird der Schnee die Straßen bedecken ... Diese

Menschen, die alle bereits das Zeitliche gesegnet haben ... unsere melancholische Vorführung.
Halt. Stop! Nochmal, vielleicht hatten wir etwas übersehen. Wieder blättern wir. Sollten wir nicht die Aufmerksamkeit einem anderen Detail widmen? Wieder und wieder würden wir den Blätterstrom der Zeit aufblättern *(und kurz flackert das vergangene Leben).* Aber wir haben nur ein Bild, eine Kulisse. Doch beleben wir auch sie bei jedem neuen Hinschauen, erfüllen die übersehenen Details mit Leben. Wie das Daumenkino Schicht um Schicht freilegt und zugleich ins aufflammende Verschwinden hebt, so wird hier unsere Melancholie getilgt, der Widerstreit von Gegenwart und Erinnerung geschlichtet ... nun verstehen wir: Schnee bedeckt nach und nach die Szene. »Kopf im Gras«, heißt es im Gedicht. Gras wächst drüber, es steigt einem über den Kopf die Zeit. Und so schließt das Gedicht:

Lauter Übertönen, Dröhnen rings – geschlossne Augen – totes Licht.
Leise hörbar: sanft ein Plätschern *(fern)* und wie am ersten sommerhellen
Abend ... wenn es Zartheit *(Bürde)* in den einen schwarzen Faden flicht.

alexander timtschenko | thomas pletzinger

Paris, 1999 (Original in Farbe)

Paris Syndrom

Haruki aus Osaka: arbeitet jahrelang in einem Hamsterrad-Büro, schläft in einer kleinen Kiste von Wohnung und isst immer nur zwischendurch, Fritiertes oder Schnelles. Walfisch. Blumenkohl. Sowas. Harukis sämtliches Geld geht für Frau und Kind, Bürobekleidung und ihr japanisches Sparbuch drauf. Und ihre Kleine-Kisten-Miete. Haruki ist circa fünfunddreißig. Haruki raucht nur ab und an mal Gauloises blondes. Haruki achtet auf Status und Ehre und Krawattenknoten. Insgeheim belächelt Haruki sein eigenes Leben. Haruki kann mit Japanerinnen nicht viel anfangen. Haruki hat sich eine Sammlung von Eiffelturm-Memorabilia zugelegt. Postkarten. Schneekugeln. Miniaturen. Die Wohnung ist voll davon. Harukis Frau putzt um den Nippes herum. Haruki redet von nichts anderem. Haruki schaut nachts Blue-Ray auf einem handtellergroßen Diodendisplay (Musicals, Reiseberichte, Nouvelle Vague, Europaporno). In Haruki rumort hintenrum ein romantischer Gedanke. Ein Europagedanke. Ein Gedanke an Platanenalleen. An zerwühlte Laken. An großbrüstige Zimmerwirtinnen. An alte Brunnen. An Rosenduft. An Zigaretten. Haruki denkt sich Montmartre als Jenseits seines falschen Lebens. Als Paradies sogar. Davon könnte man erzählen, dort könnte man glücklich sein!

Haruki verbringt noch ein paar Jahre in seinem belächelten Leben. Sein Sohn wächst ihm über den Kopf. Dann setzt Haruki alles auf eine Karte: er bucht seine Reise, dann steigt er in ein Flugzeug. Haruki rechnet mit dem größtmöglichen Glück. Hat er jedenfalls den Kollegen erzählt, bei der Arbeit und im

Filmverleih. Seiner Frau und seinem Sohn. Der Flug dauert soundsoviele Stunden, Haruki fühlt sich, als führe er zum Himmel auf. Er kann nicht schlafen. Haruki verbringt die ersten beiden Tage in einem Ibis-Hotel in La Défense, er ist krank vor Aufregung. Dann: Haruki im Nieselregen. Auf den Champs-Élysées, in der Schlange vor dem Louvre, vor einem ausgebuchten Restaurant, Haruki bei MacDonald's, Haruki neben dem Eiffelturm, Haruki vor Sacré-Cœur. Haruki dachte, er habe die große Liebe gefunden, er dachte, Paris leuchte. Zur Not auch im Nieselregen. Aber Paris ist widerspenstig. Haruki versucht, sein Glück zu filmen, aber Paris führt sich auf. Haruki versucht, zu lächeln, aber Paris stinkt wie ein parfümierter Iltis. Er kauft ein Trikot von Zinedine Zidane für seinen Sohn, für seine Frau kauft Haruki eine Handtasche. Die Seine interessiert sich rein gar nicht für Haruki. Haruki läuft durch Paris wie ein Yen. Dann steigt Haruki auch noch in den falschen Bus und lässt sich die Kamera klauen. Und hat noch nicht einmal Filmchen zu Bebilderung seiner erfundenen Geschichte. Alles Geld und alle Urlaubstage verbraucht. Haruki am Fenster des Flugzeugs: Paris liegt unter ihm, als wäre er nie da gewesen.

Zurück in Osaka wartet eine ausgewachsene Depression auf Haruki. Sein Sohn kennt Zinedine Zidane nicht, das Hemd ist zu klein. Die »Louis-Viutton«-Replica-Tasche ist falsch beschriftet. Seine Frau merkt es, schweigt aber. Nur Nieselregen im Paradies, Haruki! Haruki ist enttäuscht, er schämt sich seiner Enttäuschung, er darf seine Scham nicht zugeben. In der Bahn leidet Haruki, im Büro, im Videoverleih, in seiner eigenen Küche, vor seiner Eiffelturm-Sammlung. Er kommt nur schwer aus dem

Bett, er träumt von seiner Krawatte als Schlinge. Das Paris-Syndrom! Haruki ahnt, dass es das Paradies nicht gibt. Die Hoffnung auf Echtheit und Nachhaltigkeit ist vergeblich, Haruki! Nichts ist, wie es scheint, Haruki! Dein Eiffelturm. Die London Bridge. Die Brücke von Mostar. Die Dinge selbst, die Hoffnung darauf, Haruki, die Bilder davon! Die ganze Welt, Haruki, die ganze Welt!

stéphane couturier | stefan weidner

Boulevard Barbès, Paris XVIIIe (Original in Farbe)

Sudoku der Zeit, Sudoku aus Wirklichkeit. Kein Mensch und kein Himmel. Ein Herbst im Gebirge der Stadt. Abgründe, ein Jenseits der Baumgrenze, Blickflucht, Gesicht und neunfacher Rahmen, Gewesenes

Reliquiar, klar. Wir pilgern zu dir. Wir versprechen uns Heil von dir. Liebe. Zwischen Sacre Cœur und Gare du Nord, hier in Afrika, im Dschungel der Hautfarben, gibt's die garantiert, irgendwo hier

zu kaufen im Suchbild. Sieh neunmal hindurch, neunmal, um zu verstehen die uralte Mystik der Zahlen: Barbès, achtzehn und drei und neun, bloßer Zufall, Stefan, Zufall

wie 1839? Was die Zerstörung so alles freilegt: Fast vergessene Revolutionen, wieder-entdeckt beim Schreiben über ein Bild. Menschenrechte oder Gesellschaft der Rächer, fast vermissen wir dich, Herr Barbès! Wenigstens hier

und da, wie ein surrealistisches Manifest: Wie schön du bei Dunkelheit bist, wenn dich ein Mausklick ins Negativ setzt! Dieses Nachtgesicht! Dieses Make-up! Hell erleuchtet ist alles in dir, blau, hellblau, und türkis die Kamine. Zum Hinabstürzen hell die eiserne Brüstung, und im Laden der Schmuck liegt auf tiefblauem Samt

wie die Knochen, memento mori, Mikado. Gewiss, du willst hässlich sein, abschrecken, eine Fratze Seltsamerweise gelingt es dir nicht, ich möchte wissen, warum. Schön bist du deshalb nicht, so entblößt, so entzaubert,

dem Cranium der Stadt durch die Augenhöhlen geblickt. Durch alles kann man irgendwann durchsehen, durch den härtesten Stahl. Zeitkanal: Ist es ein Blick von der Vergangenheit in die Zukunft – oder umgekehrt

ausgestellt, falsches Gold Zukunft, zu kaufen hier, mitten im Orient, doch ich zähle die Fenster im Bild. Die Fenster im Fenster, zähle den Baum und die Lampe, die Balken und Brände, abgestempelt

unsere letzte Landschaft. Alles gleich scharf und gerecht. Unsere täglichen Horizonte, endlich freigeschaufelt, endlich offenbart, als hätten wir es nicht schon immer gewusst: Haute Couture.

Solovki, Weißes Meer, Russland, 1992

Auge und Geduld

Ein kühles, wie flüssiges Licht und seine Fähigkeit, *remoteness* als Vertrautheit erscheinen zu lassen, so als zöge Ferne in die Lunge selber ein, und wolkig der Atem, der sie verlässt, eine lichtflockige Wolke, die vergrößert den Himmel. Es kommt alles in der Lunge zusammen. Kristalle, ihr winziges Schmelzen zu spüren – noch den entlegensten Atem verstehen. D. sagt, die Chinesen sagen, Lunge sei Trauer. Das teilt sich mit, wenn sie das Schluchzen in und aus dem Körper pumpt, Rippen im Wechsel aufdehnt und an sich heranzerrt. Angewärmte Kristalle, und dunkel, ruhig und entschieden, so deutlich gefasst in der Kälte zu gehen. Dass man fremdes Leben verstehen kann, selbst wenn man dort nie gewesen ist, sagt O., als sie sich über das Foto beugt. Da geht er, nicht schneller als von ihm verlangt ist, und da vorne wartet sein Hund. Er weist den Weg, dem wird er folgen. Es geht nach schräg links. Im Radio sagt jemand, die Zerstörbarkeit der Welt sei die Geburt der Weltgesellschaft. Eine andere Stimme widerspricht, es sei doch vielmehr der gemeinsame Kampf gegen den Hunger. Gegenüber brennt noch Licht. Dass einer in der Kälte geht, eine Tüte in der Hand, auf eine Gruppe Häuser zu, das lässt sich denken. Eilig hat ers nicht. Was das Licht erhöht hat, ein Oval links des Wegs, auf das die Sonne, diese kleine, hellste Stelle hinter den Bäumen noch trifft – schau, da ist ein angeschnittener Schuppen, zu dem führte mal ein Pfad im Schnee. Und ein korrespondierendes Oval, das aber ist dunkel und wie in sich selber hineingespiegelt – wer oder was mag da im Kreis gelaufen sein?

Wenn ich das Bild sehr verkleinere, es nicht mehr größer als ein Streifen einer gedrittelten Briefmarke ist, sammelt sich das Licht, noch viel deutlicher wird die helle ovale Arena im linken Vordergrund. So in die Enge gedrängt schafft das Licht sich seine Formen, und dunkel, rechts oben, erscheint nur noch fleckig, das menschliche Leben, der Strommast, die Scheuer, der Baum und das Haus. Etwa so wie ich in der Gemäldegalerie manchmal die Brille abnehme, um die Flächen gröber zu sehn, von denen Einzelheiten dann nicht mehr weglenken. In der Gemäldegalerie in Berlin übrigens gibt es ein kleines Bild von Jacob van Ruisdael, auf das dieses hier ein freundlicheres Echo zu sein scheint. Eine Winterszene zur kleinen Eiszeit, ein Weg, darauf ein kleiner Mann, der geht, linkerhand kein Schuppen, aber ein Haus, in dem geheizt wird. Kehr dort nicht ein, will man ihm zurufen, das ist eine Räuberhütte, stell dir vor, Menschen mit Messern! Die Stadt liegt rechterhand, ein langer Weg liegt vor ihm. Es stellt sich da eine Beunruhigung ein, die sich durch das schnelle Schwinden des noch verbliebenen Lichtes minütlich zu steigern scheint.

Und ein dunkler Schatten liegt dazwischen, als ginge es auf ein Unheil zu, von dem wir noch gar nichts wissen können. Unheimlich ist das Bild. Ganz anders hier, aber woran liegt's? Der ruhige Gang des Mannes strahlt eine rhythmische Gelöstheit aus, er ist nicht in die Landschaft gebannt. Ganz geradeaus vor ihm bilden ein abgerückter Baum und ein Gebäude eine Lücke. Aber unwahrscheinlich, dass er direkt darauf zugehen wird. Er wird dem Weg folgen, das wissen wir, weil sein Hund es weiß. Er geht auf die noch helle Stelle zu. Es ist das Licht, das hier beruhigt. Das Licht moderiert die Intuition. Das spürt man immer, wenn man lange ohne Ziel gegangen ist. Es ist das Licht, das führt. Die Kälte ist aus Licht. Der Himmel ist aus Licht. Der Himmel ist aus Kälte. Der Boden ist aus Himmel.

Lichtdurchlässigkeiten – schaue ich durch die dunkelste oder durch die hellste Stelle hinter das Bild? Schaue ich durch den Mann wie durch ein Schlüsselloch ins Schwarze und durch den Nadelkopf der Sonne ins Weiß hinein? Von dort aus schicke mir etwas zu, die Nachricht, dass Leben verständlich sei, wo immer man sich befindet. Dass Temperaturen verständlich sind, und dass einer in der Kälte geht. Vielleicht, wenn ich es so flüchtig wie möglich betrachtete, flackernd – auch dann wüsst ich noch, was es ist. Ein Weg, ein Warten, auch das Warten des Fotografen auf das Bild, ein Gehen und ein Weitergehn. Auge und Geduld.

pentti sammallahti | hendrik jackson

Wie unter einer Schneeglocke, Nebelspiel, Glaskugel: alles aufnehmendes und tilgendes Weiß. Eis und Ei: Kino als ein Eierkarton, in dem dunkel Zeit abspult. Mir scheint es, wir hätten hier kein Foto, sondern ein angehaltenes kinematografisches Bild vorliegen. Fotografie ist an sich Momentaufnahme, melancholisches Erinnern, totes Abbild. Hier aber ist fernnahe Versöhnung. Schnee der Zeit, Zeitlosigkeit des Weiß'. Darin: schwarze Kontur eines Weggehenden (und zugleich Heimkehrenden, deutet darauf nicht der Beutel?). Den Rücken zugewandt.
Wenn die Bilder einfrieren, verwischt der Moment zur Ewigkeit.
Darauf zielt dieses Bild, ihm wohnt eine transzendente Tendenz inne. Als begännen die Nebel flockenweich wieder weiterzuziehen ... und man hört nachgerade den ratternden Filmstreifen ... Auslöschung der Körper, damit Geist anhebe, Winterzeit, Zeit des Geists, der Abstraktion. Komposition statt Abbild, statt Fixierung auf »Reales«.
Zeitlos und raumlos scheint diese Landschaft. Wir schließen die Augen, endlich bildlos. Dazu ist – jetzt und jetzt – nichts mehr zu sagen, eine andere Sprache regt sich, rumort – – –

Nezahualcóyotl, 1959

die Weiße Frau
der Fastende Coyote
Nahuatl-Namen wie Iztaccíhuatl und Nezahualcóyotl
fastender Coyote (Vordergrund) vor weißer Frau (Hintergrund)

Nezahualcóyotl, Hochtal von Mexiko, Suburbia von Mexiko City, heute größte Elendsvorstadt des Landes Mexiko. Größer als München, größer wahrscheinlich als jede deutsche Stadt – niemand weiß Genaues. Erste und meist auch letzte Station für von der Hauptstadt angezogene Campesinos. In den Vierzigern mitten in die Sümpfe des erst halb trockengelegten Texcoco-Sees gepflanzt, der vor der Conquista auch die aztekische

Lagunenstadt Tenochtitlán umgab. Die alte Hauptstadt des Reiches vor ihrer Zerstörung durch die Spanier schönste und auch eine der größten Städte der Welt. Der mexikanische Fotograf Héctor García fotografiert die seit 1940 weitestgehend planlos entstehende Vorstadt ungeschminkt und immer wieder. Über Jahrzehnte. 1959: erste gemauerte Häuschen. Unverputzte Lehmziegel. Der Einzug der Moderne in Form chaotisch-schief in den Himmel ragender Strommasten. Der verschneite Vulkan hinter den durchhängenden Kabeln. Malerisch? Fotogen? Für westeuropäische Betrachter allemal. Nicht alle dieser García-Bilder sind poetisch. Alle sind sie mehr als dokumentarisch. 2009: *Due to the rampant crime in the area, it is also considered among the most dangerous places in Mexico.*

Pitú, 2000

Zu sehen ist ein Truck auf einer Landstraße im amerikanischen Süden, einer dieser amerikanischen Trucks ist das, grob und ungeheuerlich, die gibt's doch nur im Kino, so einen fährt doch nur der Fernfahrer Sylvester Stallone, der Fernfahrer Sylvester Stallone verkauft seinen Monstertruck und setzt das ganze Geld bei der Weltmeisterschaft im Armdrücken auf sich selbst. Der Fernfahrer Sylvester Stallone wird Weltmeister im Armdrücken. Er gewinnt die Liebe und den Respekt seines Sohnes. So ein Truck ist das.

Zu sehen ist ein Schlagloch, haushochtief. Es ist von weitem klar, dass der amerikanische Truck da volle Kanne reindonnern wird, die Achse lechzt, und aufgrund der Gravitation fällt aus dem Anhänger ein mit viel Tageslicht ausgestattetes Wohnzimmer auf die Straße, mit einem Zimmerbrunnen, der den Fluss der Lebensenergie Chi in Bewegung bringt. Der Teppich ist erdfarben, ein schöner Garten mit Fruchtbäumen fällt auch raus neben das Haus.

Zu sehen ist eine mexikanische Illegalfamilie, sie staunt nicht schlecht. Man hatte sich im Straßengraben verstecken wollen, bis der amerikanische Truck vorbeifuhr, und jetzt besitzt man schon ein möbliertes Wohnzimmer ohne Ecken und Spitzen, da diese negative Energien erzeugen.

Zu sehen sind die Geschwister, sie: fünfzehn mit Kleid, er: neun mit Hut, sie ziehen unbeschwert ein, der Junge hat den Rücken eines Mannes, er ist ihm – wie die Schuhe – zu groß. Das Mädchen hüpft auf den Sitzmöbeln herum, die im Kreis um den Zimmerbrunnen aufgestellt sind. Sie ist unglaublich schön, sie ist das schönste, was ihr Vater je gesehen hat, und tanzt jetzt ein bisschen mit der Klarheit einer Selbstvergessenen herum.

Zu sehen ist der Vater, er folgt den Kindern zögerlich, ein trickreicher Mann, dem es mit wenig Aufwand gelungen war, die Grenze zu übertölpeln. Die Mutter an seiner Seite, bleibt stehen, streicht über die grünen Dekorationskissen auf der roten Garnitur. Die Verträglichkeit von Grün und Rot harmonisiert sie zusehends. Sie setzt sich auf das Sofa, nicht mit dem Rücken zur Tür. Sie sagt etwas, das niemand auf der Welt hört. Der Vater hat die Wohnung schon wieder verlassen, um einen kleinen

Kaktus zu pflücken. Er stellt ihn auf dem runden Glastisch ab und gesellt sich zu seiner Ehefrau, so sitzen sie dann da, bescheiden lesen sie einander aus der Tageszeitung vor im amerikanischen Süden, umgeben mit Schönheit, Freundlichkeit, Aufgeschlossenheit, Sanftheit und Sympathie und Träumen, glücklich und ausgestattet mit hohem Wohlbefinden.

Maria Friedlander, 1976

Rede des Fotografen an seine Frau

Bist das du oder ich? Du bin ich bist du. Auf dir und in mir und auf mir und in dir. Endlich sind wir zusammen und eins. Eben bist du erwacht, hast dich in mich gestellt. Und siehe: Du bist nichts ohne mich und ich nur ich ohne dich: Nichts. Nur Schatten und du: nur Licht. Anschmiegsam, zwei Dimensionen, Wesen aus Licht, in der dritten löst du dich auf. So begatten sich Schmetterling und Blüte. Das Licht hat mich auf dich gehaucht, da sind wir Engel geworden, ein Engel, wir zwei. Das Bett ist zerwühlt, die Tür weit geöffnet. Geh ruhig, geh, ich habe dich schon gebannt, uns. Von nun an niemals allein mehr bist ich bin du. Dein Negativ: ich, überbelichtet. Fast gefressen hat dich das Licht, aber ich habe dich gerettet. Jetzt zahle den Preis und rette mich auch. Halt still. Bleib so. Bleib im Rahmen, im richtigen, nicht der Tür, nicht des Bildes. Bleib im Rahmen, im richtigen. Er wird dich früh genug verlassen, er, das Licht oder ich. Alles ist eine Frage der Zeit, es sei denn, ich halte sie fest. Nichts bist du ohne mich ich ohne dich. Bin du bist ich. Das ist unsere Höhle, das andere, bessere Gleichnis. Wahrheit ist Schatten, sonst nichts, du bist nichts ohne ihn ohne mich, ich nichts ohne dich ohne Licht. Der Weg aus der Höhle, sage ich dir, führt nur in tieferes Dunkel. Die Ideen sind hier und jetzt: mehr Wahrheit ist nicht. Du bist die Himmelsleiter hinabgestiegen, so hell. Ihre Sprossen haben dich gezeichnet. Aber ich erde dich. Ich rette dich vor dem Licht, vor dem Wahn. Du rettest mich vor dem Schatten, der Erde. Wir sind der Kugelmensch, und vier Hände hatte jeder und Schenkel ebenso viel als Hände, *und zwei Angesichter auf einem kreisrunden Halse einander genau ähnlich, und einen gemeinschaftlichen Kopf für beide einander gegenüberstehende Angesichter und vier Ohren und zweifach Schamteile, und alles übrige wie es ich hieraus ein jeder weiter ausbilden kann* ... du bist mein Selbstporträt ... *um die ursprüngliche Natur wieder herzustellen, und versucht aus zweien eins zu machen und die menschliche Natur zu heilen* ... du bist mein Selbstporträt.

lee friedlander | marlene streeruwitz

Liebesgeschichten. Sie sind die einzige Möglichkeit zu entkommen. Gleichgültig, ob wir sie selbst erleben. Ob wir ihnen zusehen. Ob wir sie erzählt bekommen. Ob sie uns vorgesungen werden. Ob sie sich uns aufdrängen. Ob sie uns fehlen. Allein das Wissen, dass es die Liebesgeschichten gibt, rettet vor der Atemnot des Lebenmüssens. Eine Liebesgeschichte wird eine Liebesgeschichte aber erst durch die Erzählweise. Die Erzählweise selbst ist es, die der Liebesgeschichte die Existenz verschafft. Die Erzählweise der Liebesgeschichte muss selbst eine Liebesgeschichte sein.

Das Bild »Maria Friedlander, 1976« erzählt von einer Liebesgeschichte. Die Frau lehnt, den scharfen Sonneneinfall durch das Fenster genießend, an der Wand. Sie ist halb entkleidet. Das Bett vor ihr zerwühlt. Der Mann, der sie fotografiert, bedeckt ihre Blöße mit seinem Schatten. Er umfängt sie mit seinem Schatten und erzählt uns damit, nicht nur, dass er diese Frau umfängt. Er gibt damit auch bekannt, dass er von diesem Umfangen erzählt. Ja. Der Schatten bringt die Frau überhaupt erst zum Vorschein. In der harten Sonne ist die Haut der Frau vor der Wand kaum wahrzunehmen. Die Frau kann sich so vollkommen sicher fühlen. Es wird keinen Verrat durch ein Bild geben. Bei Lee Friedlander wird jede Person, die fotografiert wird, mit vollem Namen genannt. Auch das ist ein Schutz. Das ist sogar ein Schutz vor dem Fotografen selber, der sich der Gesichter nicht bemächtigt und in seinem Werk hinter generischen Bezeichnungen verschwinden lässt. Ein behutsamer Umgang ist das mit den Personen und den Dingen der Welt. Das ist dann die Liebesgeschichte mit dem Betrachter und der Betrachterin des Bilds. Der Blick auf die Liebesgeschichte erzählt von der Erzählung der Liebesgeschichte. Die Verwebung dieser Bilderzählung mit dem eigenen Leben wird in die Bestätigung führen, dass es Liebesgeschichten gibt. Überhaupt.

lee friedlander | katrin askan

Was ist der Unterschied zwischen einem Voyeur und einem Observator? – Der erste kennt den Wert des Selbstzwecks. Der zweite sieht in allem einen Sinn.

Es gab keinen Plan. Nur dieses starke Licht. Sie war gerade auf dem Weg ins Bad, und er rief sie zurück. Sie war zu müde, um sich lang zu sträuben; er hatte die Idee, sie fügte sich. Und glaubte noch, es gelte wirklich ihr. Und ihrem Körper. Dass er darauf zu brennen schien, ihn festzuhalten, ihn so der

Alterswandlung zu entreißen, für diese kleine Ewigkeit, bis das Papier zerfällt. Sie stellte sich. Wie er es wünschte. Und dachte noch: Es gibt so viele gute Gründe, sich bedeckt zu halten, doch wer verschlossen ist, der bleibt ganz klein in sich. Sie hielt ihm ihre nackte Brust hin.

Er sah die Zielscheibe mit zwei innersten Ringen, dirigierte sie, war plötzlich wie ein Fremder, Besessener, es lag nicht an der Kamera, die wie ein Zeuge zwischen ihnen hing und seinen Blick streng wie einen Bogen spannte.

Sie entzog sich ihm nur innerlich, indem sie mit sich sprach: Wer weiß denn schon, was in ihm ist, wenn er nicht in das Andere schaut, sich in und auf ihm spiegelt, sich vertauscht, mit allem, was so möglich ist, sie dachte an das Haar, die Haut, die Moden. Ihr war schon klar, dass man sich selbst nur sehen kann durch die Augen seines Gegenübers und fand nichts Schreckliches dabei, dass man das Gegenüber häufig wechselt.

Er war erschöpft danach, er hatte sich verausgabt.

Wenige Tage später sah sie dann: Man muss nicht erst denselben Namen tragen, um ineinander aufzugehen, es reicht, dass man von außen sich zusammenfassen lässt mit EINEM Blick. Was dann entsteht, wirft selbst das stärkste Ich aus seiner Bahn, zermalmt den Mittelpunkt, um den es bislang kreiste, setzt es frei. Doch leider nur für einen Bruchteil Zeit.

Die Enttäuschung blieb. Dass sie für ihn nur Leinwand war, und sie nicht selbst das Bild. So sah sie es und blieb dabei und kann bis heute nicht verstehen, dass andere sich bei dem Foto fragen: Wer ist hier durch wen gegangen, wer wurde freigelegt wie die Skulptur aus Stein, wer von den beiden trieb sein Innerstes ins Licht.

lee friedlander | joachim sartorius

Der Schatten des Fotografen

1.
Mit den Königinnen
mag es ein Ende haben
aber nicht mit der Frau

die er vom Straßenrand
mitnimmt die ihm
zwischen die Beine greift

und im Motel
sich auszieht sofort
auf Distanz

2.
Wie nimmt er blind
mit Antennen orientiert
am Dunklen das Zimmer wahr?

Bett Tür Liebe Laken
Wände ein Bild
ihre Figur die dunkle

mit dem Federbusch? Maria
ja Frau weil Titten Frau
des Fotografen Lee Engel

merkwürdig geräumiger Slip
Licht grell senkrecht
grell weiß wie ein Riß

da sind die schlanken
Schultern hoch war ihr Bau
sein Schatten auf ihr in ihr

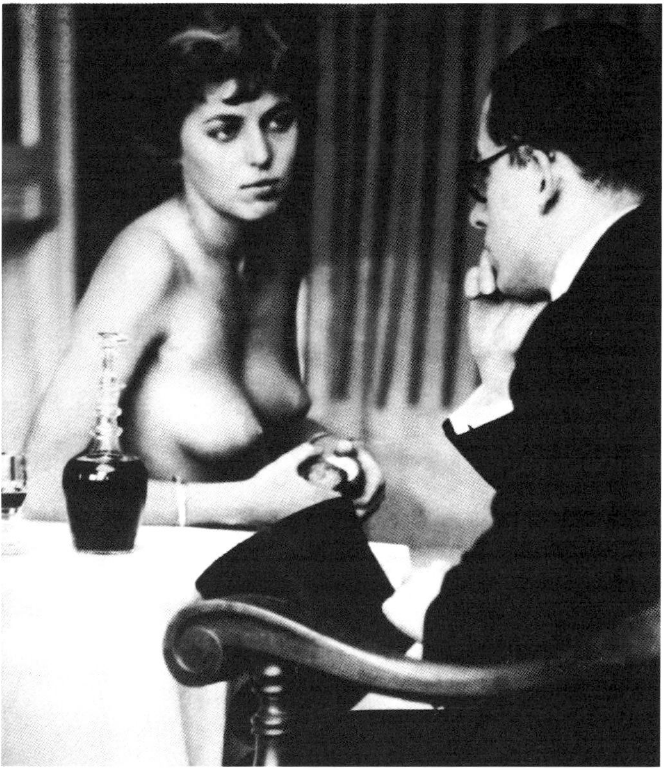

Dr. Riegler und J. Greno, München, 1933

Das kleine Lächeln

Sei es auch die
Einer Fotografie.

Es ist das Lächeln. Dabei ist es gar keines. Sobald ich weggehe von dem Bild, sagen wir, ich gehe hinaus in den Regen und die schwarzen Spiegelungen der Nacht auf den Betonplatten sehen aus wie schwarzes Eis, auch wenn es sich rundum regt von den Tropfen und ihren Auseinanderaugenblicken, sobald ich also weggehe, wird es in der Erinnerung, ohne dass ich einen Übergang feststellen könnte, ein Lächeln.

Es ist ein Lächeln, und es ist das Eigentliche an diesem Bild. Das Lächeln ist nicht zu sehen, und sobald ich weggehe von dem Bild, ist nur noch das Lächeln da und eine ungefähre Vorstellung der beiden Personen, der gelöste Ernst, mit dem sie sich ihm zuwendet und doch bei sich bleibt, genau ausbalanciert in einer kunstvollen Ruhe wie der eines Artistenkinds, aufgewachsen auf dem Seil, und die höfliche Scheu und Besorgnis, mit der er sich hinter all seinen Schwärzen aufhält, dem Haar, dem Brillengestell, dem Frack und dem Zylinder, der nicht auf dem weißen Tischtuch ruht und nicht auf seinem Schoß. Dass er keine Handschuhe trägt, heißt für mich, dass er längst angekommen ist.

Mit dem Lächeln ist es genau umgekehrt wie mit der Katze in *Alice im Wunderland*, die verschwindet und nur ihr Lächeln bleibt übrig. Es ist anders als mit der Katze, vielleicht weil man es sich beim Schreiben gern allzu leicht macht mit dem Vorstellen, sagen wir, ich gehe in ein kleines, sauberes Cafe, in dem abends ebensolche weißen Tücher über die Tische gebreitet werden, und tagsüber kann man, um dem harten Ton des Geschirrs auf dem Marmor der Tischplatte etwas entgegenzuhalten, sich an die weiche Eleganz der Frau erinnern. Es ist anders, und ich will lieber versuchen, an die Wirklichkeit heranzukommen, sei es auch die einer Fotografie.

Das Foto habe ich zuvor schon mehr als einmal gesehen, wahrscheinlich in einem Buch mit anderen Fotos aus der Zeit, vielleicht noch anderswo, und ich bin nicht ganz sicher, ob ich das

Lächeln in der Erinnerung schon von dort mitgebracht habe. Ihr Mund ist alles, was es braucht, damit ein Lächeln beginnen kann, und alles andere an ihr lächelt schon, die Stirnlocke, der Schwung der Brauen, der zobelpinselweiche Schatten an den Wangenknochen. Das Lächeln, das nicht zu sehen ist, ist gleichermaßen unausweichlich.

Was ich gewiss schon von dem ersten Mal mitgenommen habe, an dem ich das Foto gesehen habe, ist das über die Zeit Moderne daran, das Fehlen von Ungleichheiten, nämlich der Unbekleideten gegen den Anzugtragenden, der Frau gegen den Mann, der Leichtigkeit gegen die Wut auf den Hut.

Ehe ich begonnen habe, darüber zu schreiben, wusste ich nicht, dass der Fotograf des Bilds Josef Breitenbach hieß und auch die beiden Fotografierten Namen haben, *Dr. Riegler und J. Greno*, ein guter Freund des Fotografen, *ein* oder *das* Lieblingsmodell, die beide bekleidet bleiben in der Frage nach den Vornamen in ein Geheimnis; es, das Fräulein Greno, mit Sicherheit.

Es ist ein passabler Scan des Fotos oder einer Reproduktion des Fotos, mit dem ich arbeite. Was ist passabel? Ein Mund, ein paar Molekülspannen von einem Lächeln entfernt, könnte, in einer anderen Präzision aufgelöst, doch etwas gänzlich anderes zeigen. Es könnte ein wenig sein wie mit dem sogenannten Marsgesicht, das, von einer Raumsonde in den siebziger Jahren fotografiert, anscheinend ein Antlitz in den Landschaften des Mars zeigt und jahrelange Debatten darüber am Leben hielt, bis eine neue, mit einem bedeutend schärferen Auge ausgestattete Sonde ein Foto der selben Region nach dem Heimatplaneten sandte und alles sich als eine Folge der Unschärfe und der entzückten Phantasie herausstellte.

Auf einer kleinformatigen, merkwürdig schärferen, in Wahrheit

vergröberten Wiedergabe des Fotos im Netz ist etwas Müdes und Abweisendes in ihre Züge geraten, und er hat den Blick auch nicht mehr auf sie gerichtet. Noch hält die Idee des Fotos, das Lächeln in mir vor. Aber was, wenn ich mehr solcher missformatigen, körnigen Fassungen sehe und das Lächeln, das nicht zu sehen ist, auch tatsächlich nicht mehr zu sehen wäre?
Sagen wir: Ich frage mich, während der Kellner wie ein Stierkämpfer, der sich ergibt, das weiße Tuch über die Steinplatte wirft, ob nicht das Foto und egal in welcher Form es auch vorliegt, ausreichend wäre, solange das Lächeln, das nicht zu sehen ist, sobald ich mich von dem Bild entferne, zu sehen ist.
Ein anderes Foto, das ich einmal gesehen habe, zeigt einen jungen Amazonas-Indianer. Er hat sich eine Elektrogitarre aus Holz geschnitzt, die Form ist ganz klar zu erkennen, und sie mit rostigem Draht bespannt, zweidrei Saiten. Der junge Mann ist sichtlich beglückt. Er hält seine Gitarre an einem Ort fest vor seinem Bauch, an dem es keinen Strom gibt, kein Fernsehen, und vielleicht war es auch nur ein Foto, das in ihm den unbezähmbaren Wunsch nach einer E-Gitarre hatte anwachsen lassen, die man nicht hören kann und die man nicht spielen kann und die man nicht benutzen kann. Er mit seiner Idee einer Gitarre und ich mit meiner Idee eines Lächelns sind doch beide zu etwas Gleichem verbunden, so wie die Nackte auch und der Mann im Frack.
Die häufig kleinerformatigen Wiedergaben von Breitenbach-Fotos im Netz, denen ich auf der Suche nach weiteren Fotos von J. Greno begegne, sind meist absichtliche Beschränkungen der Qualität, die zum Kauf eines hochwertigen Abzugs animieren sollen – aber wie sollen sie das? –, etwa einer *Posthumous photogravure printed by Jon Goodman, 1986. Print numbers 81/100 as noted in pencil within the artists estate seal*, zu 2.000 Dollar. Josef

Breitenbach ist 1984 gestorben. Weitere absichtlich verschlechterte Wiedergaben von Fotos mit J. Greno stellen sich ein, flankiert von Google-Anzeigen: *Als Künstler reich werden. Picasso & Dali waren Meister der Vermarktung. Werden Sie es auch.* Andernorts ein Text, der ebenfalls nach Google klingt: *ARCHIV-Beschreibung ... Die Ansammlung war ein Geschenk von Yaye Togasaki-Breitenbach, die Witwe des Künstlers. Englische Sprachen, das französische, deutsche Beschränkungscopyright die zu des das Papieren Josef Breitenbachs und die Fotographien wird durch das Vertrauen Josefs Breitenbach gehalten.*
Ich finde Zeilen eines anderen Betrachters, der das *Gestellte* an dem Foto zu spüren meint. Dr. Riegler, der seine Haltung schon eine ganze Weile einzunehmen scheint, und Fräulein Greno, die über eine gewisse Ungeduld hinwegtäuschen zu wollen scheint. So gehört ihm etwas ganz anderes an dem Bild als mir daran gehört, wobei was mir daran gehört, gar nicht zu sehen ist auf dem Bild aber sehr wohl von der Frau und dem Mann mit Absicht zum Ausdruck gebracht und von dem Fotografen mit ganzer Kunst eingefangen worden sein kann.
Bei sensual-world.com findet sich ein weiteres Motiv aus der kleinen Reihe »Dr. Riegler und J. Greno« – *A nude woman sitting at a dinner table. Beside her is a man fully dressed. The woman's bare butt, long legs and the side of her breasts are visible. Sexy Postcard Condition: MINT. $ 3.99.*
Dasselbe Bild dann noch kleiner, kaum dass noch etwas darauf zu erkennen ist, bei invaluable.com – *Fraulein Greno and Dr. Rieger, Lot 96. Please sign in or subscribe to invaluable Appraiser to view enlarged images.*
Sobald ich weggehe von dem Bild, wird es in der Erinnerung ein Lächeln.

arno rafael minkkinen | gunther geltinger

Selbstporträt Bern, 1975

Der Teich. Immer ist es der Teich, der in meinen Träumen auftaucht, der Teich in den länger werdenden Nächten dieser Oktobertage, an denen das letzte Licht des Sommers schwer auf dem müden Laub liegt und die Farben zu kippen beginnen, erst ins Gelb, dann ins Rot, dann ins Vergessen, wie auch der Teich im Oktober stets langsam vergessen wurde von seinen

Sommergästen, den badenden Kindern, der ums Lagerfeuer hockenden Dorfjugend, den sich im Blickschutz des Schilfes umschlingenden Liebespaaren und den Graugänsen, die auf ihrem Weg in den Süden am Teich Halt machten, das überreife Grün vom Ufersaum rupften, für einige Tage die noch immer milde Luft mit ihren knarrenden Kehllauten erfüllten und weiterzogen, wenn die Blätter der am Ufer stehenden Linden eine fast lückenlose gelbe Laubdecke auf das schwarze Wasser breiteten und unterm farbenprächtigen, alles umhüllenden Flickenmantel des Herbstes auch der Teich für eine Weile fast gänzlich verschwand, der Teich am Rande des Dorfes, der genau genommen gar kein Teich, der eher schon ein kleiner See war, ein vielleicht fünfzig Meter breites Sammelbecken für das Sickerwasser aus dem angrenzenden Moor, das heute längst trockengelegt ist und in dem nur die Birkenhaine, die Ginsterbüsche und die sich vom Teich aus sternförmig in die Heide spreizenden Wassergräben daran erinnern, dass die Landschaft einmal sumpfig gewesen war und von dunklen Bächen und unter Gras verborgenen Mooraugen durchsetzt, um die sich allerlei Schauergeschichten ranken, vom allabendlichen Palaver im Dorfkrug von Generation zu Generation weitergesponnene, nie von der Wahrheit eingeholte Legenden, die die Dorfbewohner in sich tragen wie eine kollektive Schuld: die ausgerissenen und nie mehr zurückgekehrten Hunde; das auf dem Schulweg verschwundene Nachbarskind aus den Erzählungen meiner Großmutter, für das noch immer ein Holzkreuz an der Weggabelung steht, an dem manchmal ein paar Blumen liegen; der Graf, der das Land trockenlegen wollte, um sich darauf ein Schloss zu bauen und dann von den Bauern ermordet und im Moor versenkt wurde; und Marga, meine, wie man im Dorfkrug noch heute flüstert, verrückte Mutter, die jeden Morgen, bei Wind und Wetter, von den ersten lauen Frühlingstagen bis spät in den Oktober, eine Runde durch den Teich schwamm, immer den gleichen Weg von der flachen Treppe, die in die glitschige Uferböschung eingelassen war, damit die Kinder nicht ausrutschten, zur Linde hinüber, in die einmal ein Blitz eingeschlagen und einen Ast abgespalten hatte, der seitdem nackt und tot ins Wasser hing; am Schilfgürtel vorbei und zur Treppe zurück, wo sie noch einige Zeit planschte, denn sie war der festen Überzeugung, dass das schlammige Wasser des Teiches ihre Haut verjünge, die tatsächlich weich und samtig war wie die Mooskissen an den Wurzeln der Linden, die ich manchmal ungeduldig und immer ein wenig ängstlich streichelte, während die Mutter ihre Runde durch den Teich schwamm, der Teich, sagte sie nach dem Frühstück und drückte mir zwinkernd die Badetasche aus geflochtenem Bast in die Hand, die ich an Wochenendtagen und in den Ferien für sie tragen durfte, der Teich macht deine Mutter schön.

In der Tasche befanden sich stets ein großes Badehandtuch, eine Spange, mit der sie sich ihr weißblondes Haar hochsteckte, und eine kleine Decke, auf die sie sorgfältig ihre Kleider legte, und während sie sich auszog, musste ich stets zu den Linden hinüberschauen, doch die Linden waren ja überall, die Linden umstanden ja den ganzen Teich, und so wanderte mein Blick von Stamm zu Stamm bis zu der Linde mit dem traurigen Ast, wo ich die Mutter aus den Augenwinkeln sehen konnte, dort blieb mein Blick hängen, mein Herz begann schneller zu schlagen und im Bauch verspürte ich ein Kribbeln wie von eilig heruntergestürzter Limonade, zu den Linden, hab ich gesagt, rief die Mutter lachend herüber, streifte sich die Unterwäsche vom Leib, kreuzte die Arme über der Brust und stand nackt im tauigen Licht. Im Frühjahr war sie weißer als im Herbst und im Herbst noch schlanker, noch dünner als im Frühjahr, sie fröstelte ein wenig, an besonders kalten Morgen malte ihr Atem eine weiße Fahne vor das Gesicht, ihr Bauch war ein wenig hervorgewölbt, seitdem du mal drin gewohnt hast, hatte sie einmal im Kaufhaus beim Röckeanprobieren zu mir gesagt und meine Hand auf ihren Nabel gelegt, und zwischen den nach innen gedrehten Schenkeln sah ich, wenn ich mit den Augen noch eine Linde weiterwanderte, das krause schwarze Dreieck ihrer Scham.

In meinen Träumen dreht sie sich jetzt zu mir und blickt mich streng an, bevor sie die Treppe hinab in den Teich steigt, und ich spüre mich erröten und schaue schnell zu den Linden hinüber, zwischen deren fingrigen, von struppigen Schösslingen umwucherten Stämmen eine nebelbleiche Sonne steht. In meinen Träumen sind die Linden fast kahl. In meinen Träumen höre ich das Plätschern des Wassers, ein schrilles Aufschreien, das von Freude ebenso rühren kann wie von Angst, und dann Stille. Danach folgt in meinen Träumen jedes Mal der *Time-out*. Als ich zur Steintreppe stürze, sehe ich an ihrem Ende das gelbe Laub, das dort, wo die Mutter eintauchte, eine Schneise auf der Wasseroberfläche gebildet hat, lang gezogen, schlank, fast dünn und am oberen und unteren Ende in zwei Rinnen geteilt, wie die vage Form eines schwimmenden Körpers. Während die hinteren Rinnen gleich zweier sich langsam schließender Beine wieder miteinander verschmelzen, treiben die vorderen zu einem Halbkreis auseinander, verlängern sich sogar ein wenig zu mir hin, und für einen Augenblick ist mir, als griffe die Mutter, wie immer, wenn sie zurück zur Treppe geschwommen war, wo ich mit dem Handtuch auf sie wartete, nach der letzten, vom Wasser beleckten Stufe, stemmte sich aus der Tiefe empor und öffnete ihre Arme. Dann schließt sich, in meinen Träumen, über ihrem Abdruck im Wasser wieder der Teich, und ich erwache.

arno rafael minkkinen | monika rinck

das porträtierte selbst

ich sah ein angeschwemmtes selbst, das kam und hielt sich in der
strömung.
es war dann wohl ein strömungsich. hand sah ich nicht. dann sah
ich die hand.

die treppe war mir klar. ich mache etwas mit mir selbst, doch
wasser
hüllt mich ein und treibt mich weg. es gefiel mir auch die
vorbereitung.
etwas weiter oben steig ich ein. an der treppe steig ich aus.

unter schraffur der oberfläche liege ich. kurz darauf entsteige ich.
schlusch. schlusch. tapp. schlusch. tapp. schlusch. so entsteige ich.
temperaturen irren sich. sie irren mich, verändern. kühlen,
wärmen.

oder aber, es ist anders. wo ich runtersteige, steig ich auf. trocken
ist die hand.
und siehe da, es geht zurück. was ist passiert, dass es nicht mehr
gefällt?

es geht so schnell. bleibt etwas anderes zurück als groll? ein
stumpfer reiz.

lockere dich. wie soll ich lockern? lockere dich. ich lockere mich
nicht.
als ich eines sah, gefiel es mir. als ich die anderen sah, fing alles an
zu kippen.

angetrieben festgehalten. sagt mir, es gebe kein zurück. zu einem
ersten, das mir dort gefiel.
es ging verloren. was war es dann, das verloren ging. müsst ich das
wirklich wissen,
nun da es verloren ist. das anfangsinteresse ging. das porträtierte
selbst – nun ja.
nun. nun, damit ist gemeint: ein anderes muss her. oder: stell
gefallen wieder her.
stell gefallen wieder her, durch geduld und fleiß und sorge. ändere,
meine liebe, dich.

heut gefällt ihr nichts. ja. ja – als ob damit was gewonnen ist.
natürlich nicht!
was mir gefallen hat, gefällt mir nicht, obwohl man selbst sich
immer wieder porträtiert.
geh weg. geht weg. lasst mich allein. oder wasser: kommt und hüllt
mich ein.

Sharon Wild, 2001 (Original in Farbe)

Immer am ersten Samstag im Monat fuhr sie nach ihrem Morgenbad im Teich mit dem Auto über die nahe gelegene Grenze, brach am frühen Vormittag auf und kam am späten Nachmittag wieder, und allein die Aussicht auf die Leckereien, die sie stets mitbrachte, machte mein sehnsüchtiges Warten am Fenster erträglich, der goldgelbe holländische Vanillevla, die zartschmelzende Schokolade, das saftige Lakritz, und der Vater freute sich über den Kaffee und die Zigaretten, die sie in einem Versteck im Auto schmuggelte, wenngleich er auch jedes Mal das Verbotene daran betonte, was soll ich mit einer Frau im Knast, murrte er, nestelte eine Packung aus der Stange und zündete sich eine Zigarette an. Sie selbst hatte sich einmal neue Schuhe gekauft, Pumps mit hohen Absätzen und dicken Sohlen, wie sie die Schauspielerinnen in den amerikanischen Filmen aus den fünfziger Jahren trugen, die ich samstags vor dem Zubettgehen im Fernsehen schauen durfte, und weil sie, wie sie mir einmal augenzwinkernd verriet, zum Abschluss ihrer Einkäufe einen Schönheitssalon besuchte, leuchtete ihr Haar besonders blond und ihre Lippen besonders rot und ihre Haut, die mir an diesen Samstagen besonders weich und samtig schien, duftete nach Fremde und weiter Welt. Nie war sie so schön wie samstags nach ihrer Rückkehr von der Grenze.

Einmal brachte sie einen kleinen roten Koffer mit, den sie fortan immer mit auf ihre Samstagsreise nahm und den der Vater als Weiberzeug abtat und sich vielleicht deshalb nie für seinen Inhalt interessierte, obwohl der Koffer immer auf dem Schrank im Schlafzimmer stand, so hoch über dem Boden meiner kindlichen Welt, dass ich nicht einmal mit Hilfe eines Stuhls an das rote, halbherzig gehütete Geheimnis herankam. Was ist in dem Koffer, fragte ich, als sie an einem Samstag im Oktober, ich war gerade in die sechste Klasse gekommen, den Koffer auf die Rückbank des Autos legte, zusammen mit der leeren Einkaufstasche, die sie prall gefüllt mit Köstlichkeiten wiederbrachte. Sie blickte mich streng an, und ich hatte das Gefühl, zu den Linden hinüber schauen zu müssen, aber da war ja keine Linde, da war ja nicht das laubige Ufer des Teichs, da war nur der alte Apfelbaum am Ende des Gartens, von dem der Vater die reifen Früchte schnitt, und mir war, als hielte er in seiner Arbeit inne und lauschte zu uns herüber, oder in sich hinein. Mein kleiner Schatz, sagte sie, legte mir den Finger auf die Lippen und lächelte wissend, dunkel und wild, und ich wusste nicht, ob sie nun mich oder den Koffer gemeint hatte. Dann stieg sie ein und startete den Motor, und kurz bevor sie auf die Straße bog, die auf einem langen, geraden Damm das Moor durchschnitt, streckte sie, wie immer, wenn sie samstags über die Grenze fuhr, ihre weiße Hand aus dem Fenster und winkte. Schon als der Wagen längst am Horizont verschwunden war, glaubte ich, den roten Koffer noch immer auf der Rückbank leuchten zu sehen, frech, fast frivol und in meiner Vorstellung von ihrem Verschwinden seltsam vertraut.

In dieser Vorstellung sitzt sie mit vor der Brust gekreuzten Armen auf dem Bett eines Zimmers, am Fußende, fast schon auf der Kante, als wollte sie jemandem den Platz nicht wegnehmen. Sie trägt rote Spitzenunterwäsche; nie hat sie am Teich rote Spitze getragen. Ihre Füße stehen auf den amerikanischen Pumps, als hätte sie Angst, den schmutzigen Boden des Zimmers zu berühren; ich kann nicht sehen, ob sie gerade aus den Schuhen herausschlüpfen will, um sich ins Bett zu legen, oder, weil sie gerade aufgestanden ist, in sie hinein. Ein Laken liegt auf dem Bett, zerknittert, verknäuelt, vielleicht hat sie bis eben noch darin geschlafen. Das Licht einer Lampe lässt sie gläsern, fast durchsichtig erscheinen, wie überhaupt der ganze Raum von einer seltsam traumartigen Transparenz ist, als wollte sie das Geheimnis, für das sie in dieses Zimmer gekommen ist, endlich offen legen. Auf dem Boden steht der rote, zierliche Koffer, gleich neben einem großen, klobigen und braunen, den sie nie auf ihre Reise mitgenommen hat, und es ist die plumpe Anwesenheit dieses braunen, fremden, ganz und gar männlichen Koffers, die den Schatz, der sich in dem kleinen roten verbirgt, an eine grausame Wahrheit verrät.

An diesem Samstag kam sie nicht wieder. Ich spielte gerade mit dem Hund im Hof, als der Polizeiwagen in die Einfahrt bog. Der Vater, der das Gemüsebeet umgrub, hielt in seiner Arbeit inne, doch schaute er nicht auf, sondern starrte eine Weile auf die Erdbrocken vor seinen Füßen, bevor er wieder den Spaten in den Boden trieb, langsamer, schwerfälliger als vorher, und mir war, als koste das Graben den Vater plötzlich unendlich viel Mühe, als wäre er von einer auf die andere Sekunde gebrechlich geworden, alt und schwach. Der Hund rannte bellend zum Auto, aus dem ein Polizist ausstieg. Ich blickte ängstlich zum Vater und sah, wie er einen Engerling aus einem der Erdbrocken pulte, ihn auf die Trittsteine neben sich warf und mit der Spatenkante zerquetschte, konzentriert, fast genüsslich, wie er sich manchmal das Fleisch auf dem Teller klein schnitt. Dann steckte er den Spaten in die Erde, kam langsam herüber und schickte mich ins Haus.

In meiner Vorstellung wendet sie jetzt den Kopf und blickt mich streng an, und weil ich nicht wegschauen muss, denn ich bin der einzige, der dieses Bild je zu Gesicht bekommen hat, beginnt sie, in meiner Vorstellung, zu lächeln und zwinkert mir zu. Dann zieht jemand, den ich nicht sehen kann, der aber von Anfang an in dem Zimmer gewesen sein muss, die Vorhänge zu, und das Bild verschwindet.

Im Dorfkrug erzählt man sich heute, Marga, meine verrückte Mutter, sei in den Teich gegangen, weil der niederländische Handlungsreisende, den sie heimlich in einem Motel in der Grenzstadt traf, an einem Samstag nicht mehr gekommen ist. Doch ich weiß es besser. Ich weiß, es war für den roten Koffer. Es war für unser Geheimnis. Es war für meinen Blick zu den Linden am Teich.

larry sultan | andreas neumeister

I

jobs
just jobs

casting
briefing
first cast then brief
jobs
McJobs
McJobs and other blow jobs

food/non food
fast food
fast eßbar

does your boss know?
does your family know?

heiteres Beruferaten.
die härteste Härtefrage ist doch:
was machst du in deinem richtigen Leben?

sex sells
sex sells sex

Mitarbeiter des Monats sagt:

den Umständen entsprechend
den Umständen entsprechend gut

II

a house
a car
a dog

dark rooms/bright towns

disconnected in San Fernando Valley
(North Hollywood klingt gut)

desperate Hausfrauen in desperatem Zustand
desperate Hausfrauen in disperatem Zustand
disperate Hausfrauen in disperatem Zustand
disperate Hausfrauen in desperatem Zustand

III

Schauspieler
Filmschauspieler
Hollywoodschauspieler

family films
adult film

Schauspieler
Filmschauspieler
Valleyschauspieler

der weltweit genial vermarktete Blick aus Benedikt Taschens Lautner-Kanzel über Porno Valley ist der nach Norden ausgerichtete Blick aus Lautners Chemosphere House über das San Fernando Valley, bei guter Sicht von Porno-Chatsworth bis Jesus-Burbank, von der Spahn Movie Ranch (vulgo Manson Mansion – Basislager für sämtliche Familienausflüge) über das ganze ausgebreitete Kleinhäuser-Meer bis fast hinüber zu den Disney-Studios

born porn

die gängigen Drehorte im Valley und den Hills, sagt Larry Sultan,
seien derart totgedreht, dass die Produzenten immer mehr dazu
übergehen für den Dreh von Privatleuten Häuser anzumieten

IV

buy!
buy more!
buy now!

click here!

it's action
it's faction
it's real satisfaction

it's real

apm für actions per minute
dpi für dots per inch

sex sells sex and other stuff

Protect yourself!
You have been detected visiting adult sites!
Does your boss know?
Does your family know?

You don't have Internet Eraser

click here!

larry sultan | thomas von steinaecker

In den 1980ern war Tracy Tregor meine beste Freundin. Bis zur Achten gingen wir beide auf dieselbe Schule in Miesenbach – die einzige Schule weit und breit, in der auf Deutsch unterrichtet wurde, wenn man nicht jeden Tag die 20 Kilometer nach Karlsruhe fahren wollte. Ramstein, der US-Luftwaffenstützpunkt, befindet sich in unmittelbarer Nähe, die meisten GIs schickten ihre Kinder auf die American High School dort. In der Miesenbacher Region hatten fast alle irgendetwas mit der Kaserne zu tun, so auch unsere Eltern: Tracys Vater war Deutscher, ihre Mutter Amerikanerin, beide waren Lehrer, sie an der High School, er am Miesenbacher Gymnasium. Mein Vater hatte eine Zahnarztpraxis, nahe der Kaserne. Ramstein war damals noch eine richtige Enklave, auf den Straßen konnte man nahezu jeden Dialekt der USA hören. Es gab Tennessee-Pubs und Las-Vegas-Discos.
Trotz ihres Namens war Tracy genau wie ich alles andere als extrovertiert. Die meiste Zeit hielten wir uns draußen auf, auf den Wiesen um die Kaserne; wir gaben uns Fantasienamen und erfanden Geschichten, in denen wir beide die Herrscherinnen in einem Reich waren, das böse Mächte bedrohten; aus Jungs machten wir uns noch nichts. Wenn wir in den Ferien voneinander getrennt waren, führten wir Tagebuch, ich für Tracy, sie für mich, über unsere Erlebnisse, tatsächliche oder erfundene, die

wir uns nach unserer Rückkehr gegenseitig vorlasen. Dann, im Sommer nach der achten Klasse, änderte sich alles. Mein Vater übernahm die Praxis eines Freundes, und wir zogen nach Stuttgart. Eine Zeitlang telefonierten Tracy und ich täglich, bis wir uns nur noch ab und zu Briefe schrieben. Wir hatten uns schon beinahe aus den Augen verloren, als sie eines Tages anrief und mit einer mir fremden, erwachsenen Stimme sagte, dass etwas »Böses« geschehen sei, ihr Vater sei gestorben, ein Herzinfarkt, sie werde zusammen mit ihrer Mom in die USA ziehen, man werde sich dann ja wohl nicht mehr so oft sprechen. Das war tatsächlich das letzte Mal, dass ich von ihr hörte. Meine große Leidenschaft galt inzwischen neben meinem Freund Chris der Fotografie. Vier Jahre später ergatterte ich einen Platz am ZKM in Karlsruhe, im Sommer darauf saß ich bereits in einem Flugzeug nach Los Angeles: Meine Serie über verlassene Industrieanlagen in Ostdeutschland hatte mir ein Stipendium am California College of Arts and Crafts eingebracht, der Fotograf Larry Sultan, über den ich damals offen gestanden nichts wusste, würde mein Betreuer sein.

Larry war ein durchtrainierter Mittefünfziger, der entfernte Ähnlichkeit mit Cary Grant besaß. Gleich in der ersten Privatstunde, in der ich eigentlich mein Projekt, Fotos von Waldbränden in Kalifornien, mit ihm besprechen wollte, hatte er eine Überraschung für mich: »Forget school«, meinte er. Er habe einen größeren Auftrag für eine Arbeit in Hollywood erhalten, ich solle seine Assistentin dabei sein, für ihn recherchieren, außerdem: »I need a female view on this«. Ich konnte mein Glück gar nicht fassen, das wäre ohne Frage eine wesentlich bessere Visitenkarte als mein riskantes Vorhaben mit den Waldbränden.

Worum es sich denn handele, fragte ich, während ich einschlug. »People«, lächelte Larry und präzisierte: »Porns«. Pornodarsteller. Vor allem vor und nach der Arbeit. Die Momente, in denen sie nur für sich selbst sind, nichts darstellen. »The real thing«. Chris erzählte ich am Abend, ich würde für Larry so eine Art *Behind the Scenes* eines Piratenfilms machen.

Es gibt ein gutes Hollywood. Das der Stars und des Glamours. Und es gibt ein böses, im San Fernando Valley, das auf der anderen Seite der Hollywood Hills liegt, buchstäblich auf der Kehrseite des berühmten Hollywood-Signs. Wie ein schmieriger Zwilling, mit dem man nichts zu tun haben möchte und der doch zu einem gehört, schmiegt das »Valley« sich an die große, schöne Schwester. Und eigentlich ist hier alles wie drüben: Villen, dicke Autos, rauschende Partys, Filmstudios, Stars mit klingenden Namen, deren Doppeldeutigkeit sich erst auf den zweiten Blick erschließt: Melissa Lauren, Dick Antonio, Hardy Rock. Hier recherchierte ich in den nächsten Wochen, durchforstete die »Climax Times« nach den neuesten Nachrichten aus der Branche, telefonierte mit Produzenten, die kein Problem mit Larrys Serie zu haben schienen, arrangierte die ersten Shootings – und beging einen Fehler. Vielleicht aus Übermut darüber, dass alles so glatt lief, meinte ich, ich müsste die Psyche der Darsteller verstehen lernen und besorgte mir eines Abends sehr zum Amüsement des Videothekenbesitzers einen ganzen Packen Pornos. Bei den ersten Filmen »Analgeddon« und »Sperm Smiles« dachte ich, ich könne die Narben in der Vergangenheit der Schauspieler erkennen, die sie zu so etwas Schrecklichem getrieben haben, und ich empfand Mitleid. Ab dem fünften Film schien es mir, dass es am Ende für sie vielleicht auch nur ein Job war, die

Akteure schienen teilweise tatsächlich Spaß an dem zu haben, was sie vor der Kamera trieben. Ja, ich ertappte mich dabei, wie mich manche der Szenen erregten und meine Hand zwischen meine Beine rutschte. Bis ich sie sah. Eine gut gebaute Frau mit Silikonbrüsten und weiß gefärbtem Haar, die gerade zwei Männer von hinten penetrierten, eine doppelte Analpenetration. Schnitt. Eine Nahaufnahme des Gesichts der Frau. Ungläubig fror ich das Bild ein, ließ es weiterlaufen. Aber es bestand kein Zweifel: dasselbe Muttermal links über der Oberlippe. Plötzlich kamen mir die Tränen, ich schämte mich, für sie, für mich und konnte nicht länger hinschauen. Im Abspann wurde sie als Sharon Wild aufgeführt.

Eine Sharon Wild stand auch auf der Liste von zu fotografierenden Darstellern, die ich für Larry zusammengestellt hatte. Warum ich ihren Namen nicht strich und das Shooting, das für zwei Tage später angesetzt war, nicht absagte, weiß ich nicht mehr genau. Vielleicht war es tatsächlich das: Ich war trotz allem einfach neugierig zu erfahren, wie meine Freundin Tracy ins »Valley« geraten war. Ich hatte mich jedenfalls innerlich bereits auf das Treffen vorbereitet, als wir in der Villa auf die Schauspieler des Streifens »CumGuzzler« warteten und Larry das Zimmer ausleuchtete, auf dem er Tracy bzw. Sharon vor dem Dreh aufnehmen wollte. Aber: Sie kam nicht. »She's sick, sorry guys, no shooting with her today, she just called me«, verkündete der Produzent.

»Shit«, fluchte Larry und machte sich schon daran, die Lampen abzubauen.

»Take me«, entschied ich plötzlich leise und setzte mich auf das Bett. »What? Oh, now you are being sick«, Larry schnitt eine

Grimasse. Aber vielleicht hörte er das Insistierende in meiner Stimme. Dass er mich so ablichten solle, wie er sie abgelichtet hätte, Unterwäsche, Plastik-Highheels, nur ein paar Fotos, das wäre alles.

Und während aus dem Erdgeschoss die Stimmen der kopulierenden Tim Aural und Gina O'Sons kamen, dazwischen der Regisseur, der ihnen Anweisungen gab, machte Larry seine Aufnahmen, und ich musste dabei an das Phantasiereich in unseren karierten Heften denken, das Tracy und ich uns als Schülerinnen ausgedacht hatten und dessen Geschichte sich ohne unser Zutun fortgeschrieben hatte. Das nun hier und jetzt Wirklichkeit geworden war, übernommen von jenen Mächten, die es damals bedroht hatten.

Vier Monate später ging mein Stipendium zu Ende, Larry hatte über 50 Pornoakteure fotografiert, Sharon war nicht darunter; ich flog zurück nach Frankfurt, wo Chris auf mich warten würde, dem ich zwar von meinem Job für Larry, nicht aber von dem Erlebnis mit Tracy erzählt hatte. Denn auch wenn ich sie in Los Angeles nicht wiedergesehen habe, außer auf den verwackelten Bildern eines Pornos, war es mir, als sei ich ihr in dieser Zeit tatsächlich eine Stunde in jenem Zimmer der Villa gegenüber gesessen; als hätten wir uns lange unterhalten, über Dinge, die nur wir beide uns sagen konnten.

O.T. (Mädchen mit Kaninchen), 1999 (Original in Farbe)

Das Kaninchen bin ich

Sobald ich abgeschminkt zu Hause angekommen bin und die Etagentür aufgeschlossen habe, drücke ich die Wiedergabetaste, aber habe meistens keine Nachricht. Nebenbei habe ich schon mal meine Tasche abgesetzt, die Schuhe ausgezogen, den Mantel im Herbst, den Muff aus Kaninchenfell im Winter dazu, dann auch Jacke, Rock oder Hose. Ich habe den weißen Bademantel von der Garderobe genommen, um für den Rest des Abends in ihm zu wohnen. Ich habe Vorstellung gehabt: »Tod eines

Handlungsreisenden«, oder »Lauf doch nicht immer splitternackt herum« oder »Das Kaninchen bin ich«, – die Adaption eines alten DDR-Kultfilms für das Theater Dresden. Ich bin im weißen Bademantel Richtung Küche verschwunden, mal mit, mal ohne Pantoffeln an den nackten Füßen, habe die Neonröhre über der Spüle angeknipst, das Fenster zum Hof geöffnet, um einen Augenblick hinauszuschauen, und wie jeden Abend nicht mehr zu wissen, was ich eigentlich erwartet hatte, doch ohne enttäuscht zu sein. Ich rauche eine Zigarette und benutze den Aschenbecher dabei, der seit meinem Einzug außen auf der Fensterbank steht, ich rauche hastig, und während ich die Kippe ausdrücke, drehe ich mich zu meinen immer gleichen Gummihandschuhen über der Geschirrabtropfe um. Gelb und hässlich sind sie, wie ihre Vorgänger und die, die nach ihnen kommen werden. Dann gehe ich zum Kühlschrank, lese »OSCH«, weil das »B« abgefallen ist. Und während ich mich bücke, um ein Stück Kinderschokolade aus dem Käsefach zu holen, ist mir, als bücke ich mich über mich selbst und mir fällt eine Szene von früher ein. Ich höre plötzlich Klaviermusik und Gesang aus einem Ladenlokal am Ende der Straße, das einmal ein Reisebüro gewesen ist. Ich bin damals acht oder so und lebe noch in der kleinen Stadt, aus der ich komme. Ich drücke die Stirn gegen die staubige Schaufensterscheibe des Reisebüros. Auf einem Podest, auf dem früher alte Schreibtische und Ständer für Prospekte gestanden haben, schreiten drei kostümierte Gestalten auf und ab, – eine mit Dolch, eine mit einer alten Übergardine auf dem Kopf und eine mit einem Bierkrug. Die mit der Übergardine ist meine Tante Reni, die sonst Lebensversicherungen verkauft. Sie wird von dem mit dem Dolch bedroht. Ja, er will sie erstechen und singt dazu. Der mit dem Bierkrug singt auch. Ich klopfte damals gegen die Scheibe, niemand hörte oder sah herüber, als gäbe es meine Welt jenseits der Scheibe nicht. Tante Reni wurde also vor meinen Augen erstochen und fing ebenfalls an zu singen. Sie sank ungeschickt zu Boden und stützte sich ab, um ihre Knie zu schonen. Dann setzte die Klavierbegleitung aus, und Tante Reni stand mühsam wieder auf. Sie fächelte sich mit einem vergilbten Reiseprospekt für die Adria Luft zu, damals ... Ja, das fällt mir wieder ein, während ich mich nach der Kinderschokolade im Kühlschrank bücke. Früher, wann war das? Früher, da waren die Kinder im Hof und die Kaninchenställe auch, gleich bei den Mülltonnen. Ich mache Wasser warm in der Mikrowelle, für den Tee, und knote dabei meinen weißen Bademantel fester. Ich trinke den Tee auf dem Sofa, knacke mit den Zehen dabei, und denke: Im Liegen zu trinken ist einfacher als im Laufen zu weinen. Darf ich versuchen, das zu erklären? Manche Menschen denken, ich bin krank. Bin ich aber nicht. Niemand kann sagen, warum jemand jemanden tötet. Niemand kann sagen, warum jemand alle tötet. Im Theater stehen die Toten wieder auf, spätestens zum Applaus.

aino kannisto | jo lendle

Er hat mir das Gewehr gegeben und alles gezeigt. Er hat mir den Verschluss erklärt, und den Bolzen. Das Repetieren. Er hat mir vorgeführt, wie man zielt, er saß auf der anderen Seite des Tischchens und hielt es sich an die Schulter, visierte über den Lauf und zielte einfach auf das Gartenhaus oder in die Luft darüber, es war ja nur eine Vorführung. Ich sah ihm zu, sein zusammengekniffenes Auge, und zwischendurch spähte er zu mir herüber, ob ich auch achtgab, ohne das Auge deshalb weiter zu öffnen, als sei ich seine Beute. Ich nickte jedes Mal. Dann nahm er das Gewehr herunter.
Susa hatte uns etwas zu essen gemacht. Auf dem Tischchen stand ein Tablett mit Weißbrot, sie hatte alles in winzig kleine Quadrate geschnitten wie für einen Geburtstag. Auf jedem Stück lag eine halbe Olive und bedeckte es fast. Es war kühl, ich hatte noch zum Fluss gewollt, aber das war längst nicht mehr zu schaffen.
Er reichte mir das Gewehr über das Tischchen hinweg, über das Tablett. Ich nahm es in die Hand und legte an. Der Schaft war warm von seiner Schulter, ich drückte die Wange daran. Er war aufgestanden und herübergekommen und stand nun hinter mir, er nahm meine Hände und zeigte mir, wie ich greifen sollte, ich hörte, wie er beim Sprechen kaute. Über den Lauf hinweg sah ich auf alles, was es zu erlegen gab.

Versuch zu fliegen, 1982

Versuch zu fliegen

Soll das ein übler Scherz sein? Das bin doch nicht ICH.

Seit wann sind meine Flügel
Arme und Hände?
Was geschah mit meinem Schwanz?
Wer hat mich operiert? Und
wer sagt, dass ich den Eingriff
ohne einschneidende Nebenwirkung
überstehe?
Wieder einmal bin ich aus meiner Bahn geraten,
habe einmal mehr meinen Instinkten nicht vertraut
und meine Korona noch dazu blamiert. Du musst

ins kalte Wasser springen, willst du schwimmen lernen.
So flüstern sie, verächtlich.
Ob das Rezept sich auch in einem anderen Element
bewährt?

Ich will mich keineswegs verweigern,
aber weißt du: Nie bisher
bin ich mit einem Drachen abgehoben.

Es kracht ein Schuss.
Die aus der Bahn geratene Wildgans fällt
mir vor die Füße.

Vergeblich ihr Versuch, sich hinter Wolken zu verbergen.

Übersetzung: Kirsten E. Lehmann

barbara berthold | saša stanišić

Ich will keinen Tod im Schlaf,
ich will keinen Badewannentod,
ich esse in einem Pyjama zu Mittag,
in das ich mir zu Abend Dinge wünsche,
in das ich schnarche und scheiße,
manchmal alles auf einmal: wünschen, schnarchen, scheißen,
das Pyjama haben schon andre vor mir getragen,
das ist nicht weiter tragisch,
das ist so.

Ich will nicht Mittagschlaf halten neben andren Mittagschläfern,
und sollte ich noch mal küssen,
dann darf es nicht sein,
dass ich über *mich* beim Kuss nachdenke
und wie sich *meine* Zunge anfühlt,
ich will aber gar nicht küssen,
den Genuss und Erfolg schätze ich gering und unwahrscheinlich ein,
das ist so.

Ich will mir selbst aussuchen können, was gelegentlich ist,
ich will, dass nichts zu spät ist,
ich will nicht gegen Können kämpfen,
aber gegen euch,
die aus Wut, Rheuma und Plastikgeschirr besteht,
im Winter nach New York will ich zum Schnee,
im Frühling zu den Alpen mit den Drachen steigen.

On the bridge, Lithuania, Palanga, 1968

(Noch in den 1990er Jahren von welchen, denen ich in den USA begegnete, arglos gefragt worden: *Which side of Germany are you from: the communist side or the fascist side?*)

Großes, sehr faszinierendes Rätsel für uns im Kalten Krieg, auf westlicher Seite desselben, im American und British Sector der Bundesrepublik Deutschland in den 1960er und 1970er Jahren aufgewachsenen Jungen: Der Sex-Appeal von

Frauen jenseits des Eisernen Vorhangs. Wo hatten die ihren seltenen Style, ihre seltsame Couture (und ihr so ganz anderes, gleichsam verbotenes Blond) her? Wir fragten uns: Unterliegt auch die Avantgarde der kommunistischen Kleidermode planwirtschaftlichen Maßnahmen? *(Geht Underground etwa auch von oben?)* An diversen Kiosken der Deutschen Demokratischen Republik, auf aufwühlenden Tagesausflügen per Tagesvisum (neben zahlreichen in anderer Hinsicht reizvollen Zeitschriften) en masse DIY-Schnittbögen für eigentümliche Kleider wahrgenommen.

In der BRD mit studentischen Freunden 1978 eine Underground-Zeitschrift namens *Mode & Verzweiflung* begründet und groteske Erzählungen mit den Titeln *Trabant* und *Wartburg* dafür geschrieben, in deren Verlauf BRD-ler freiwillig in die DDR umziehen (und sich entsprechend umziehen): aus Hipness-Erwägungen. Wir waren ja ein Hipster-Magazin im hedonistischen, postlinken (was logisch immer noch links hieß), postmodernen (damit, wie wir fanden, hochmodernen), partisanischen Stellungskampf gegen die marode, dem verdienten Untergang geweihte Hippie-Kultur. Für die Band, die 1980 aus den Reihen von *Mode & Verzweiflung* hervorging und den Namen *Freiwillige Selbstkontrolle* erhielt, einen Song namens *Ostblock Girl* geschrieben (Auferstanden aus Ruinen / mit Kulleraugen und toupiertem Haar / Die neuen Ostblondinen / nehmen ihre Reize wahr / und summen das Lied der Maschinen).

Die ewige Faszination für den Restriktionen andersartiger weltanschaulicher Modelle abgerungene Riten eines unerklärlichen Raffinements: *Die schöne Amische, Die Schönen aus dem Satmarer Schtetl (Brooklyn), Die schönen Litauerinnen auf der Brücke von Palanga.*

Art Blakey, Sweet Basil's, New York City, 1986 (Original in Farbe)

Gleich ins Auge fallend: Eine Jazz-Fotografie nicht in Schwarz-Weiß (farbiges Motiv vor anderen an der Wand aufgehängten Jazz-Fotografien, die dann aber logisch in dem diesem Genre in mehrfacher Hinsicht anhaftenden Schwarz-Weiß gehalten sind).

Art Blakey, ein Idol meiner Jugendzeit, seine rund anderthalb Jahrzehnte früher eingespielten Blue Note-Alben zu

Geburtstagen gewünscht (während auf den ersten Partys, die ich besuchte, zu Rockschlagzeugsolos getanzt wurde). Art Blakeys *Orgy in Rhythm* allen vorgespielt, die mich besuchten, die einzelnen Schlagzeuger akustisch auseinanderzuhalten gelernt (wie zuvor die Trompeter, Tenoristen, Pianisten des Jazz). Art Blakey war sofort zu erkennen (angeblich spielte er manchen Kollegen zu laut): *Jazz Messenger*, funky drummer.

Als ich sechzehn war, 1971, lud mich mein Vater in die Hamburger Musikhalle ein, wo eine illustre Truppe von Bebop-Veteranen namens *Giants of Jazz* gastierte: Dizzy Gillespie (Trompete), Kai Winding (Posaune), Sonny Stitt (Alt- und Tenorsaxophon), Thelonious Monk (Piano), Al McKibbon (Kontrabass) und Art Blakey (Schlagzeug). Meinem Vater bis heute dankbar wie für kaum sonst etwas, mich dorthin mitgenommen zu haben. Allen, die mich besuchten, dann gnadenlos Thelonious Monks grandiose Alben (etwas Besseres gibt es nicht) vorgespielt, auf denen Art Blakey (frühe 1950er Jahre) noch einfühlsam (1971 nicht mehr so sehr) auf Monks extraterrestrische Musik eingegangen war. (Meine kurze Zeit später auftretende Freundin, die Rod Stewart verehrte, durfte sich, wenn wir auf oder in meinem Bett lagen, zwischen Monk und *The Velvet Underground* entscheiden. *Poor thing.*)

Vor zwei Jahren mit meiner Band in einem Hamburger Kellerstudio ein Album aufgenommen, an dessen Wand ein kleines, von Daniel Richter gemaltes Portrait Art Blakeys hängt. Das Studio, in dem noch kein Album aufgenommen worden war, *Art Blakey Studio* getauft und als solches in den Credits des fertigen Produkts aufgeführt.

Mehrere Art Blakey-Szenen (im Zusammenhang mit Klavierspielerinnen) finden sich auch in meinem neuen Roman: Wie er als Dreizehnjähriger eine Band mit Mary Lou Williams (der viel Älteren) gründen will und deswegen andauernd vor ihrer Tür steht. (Klappt dann tatsächlich.) – Aber auch, wie er die alkoholisierte Jutta Hipp in einem Club bloßstellt. (Kaum zu glauben, aber überliefert.)

peter keetman | sabine scho

Autobahn bei Nacht, 1956

»Alle Welt macht in subjektiv, solarisiert,
druckt negativ und knallt in Schwarzweiss.«
Otto Steinert

Nachtfahrten
Lichtlaufzeit
Bremswege
Unfallfreiheit
schnell mal durchzählen
>35, schätzungsweise
Auto haben und fahren
toll-toll-toll
das Blech als reine Lichtgestalt
am Ende von Anfang Autobahn
was man so Anfang nennt
Auffahrt ist da nicht
zeichne rechts und links
so Bäume ein
übe Zentralperspektive!
wo aber rastest du drauf zu?
wer jetzt, ich jetzt?
wie komm ich denn dazu?
kein Stück
dies ist kein Odermatt und
der Verkehr im Fluss, komm
da stehst du doch drüber
als du den Auslöser drückst

World upside down, 1950

Dort unten, wie unheimlich, die geisterhafte Straße und die anonymen Menschen. Hier, aus der Distanz, der heimliche Blick. Die abdunkelnden Ecken rechts und links lassen doch ein Versteckthuch oder eine Ecke, über die hinausgelinst wird, erahnen. Die vielen Rücken der Passanten: ahnungslose, heimlich abfotografierte Menschen. Dabei bleiben sie seltsam dunkel, sind aus der Ferne nicht zu erkennen.
Die klassische Vogelperspektive (bevorzugt auf Straßen, Ecken, Menschen oder Autos) wird mit der Unsichtbarkeit und Anonymität der Voyeurssicht vereint.
Ferne und verkehrte Intimität.
Voyeurbilder müssen, um »echt« zu sein, Wackeleien, Unschärfen etc. aufweisen. Der Voyeur unterscheidet sich vom Pornozuschauer durch den Widerstand, den er im Bild sucht, eine Widerständigkeit, die gebrochen wird, damit nicht nur Nacktheit sichtbar wird, sondern Entblößung. Der Einbruch in das Intime, aber aus der abgesicherten Höhle des Verstecks. Von der Höhle nur ein Schritt zur sicheren Höhe des Abstands. Der Voyeur möchte beteiligt sein am intimen Spiel, ohne involviert zu sein. Die Vogelperspektive in diesem Bild zeichnet einen vermeintlich sicheren Abstand ein, man ist aber involviert in ein Spiel »höherer« Art. Der Kosmos und seine Gesetze, die Frage nach Statistik. Menschen und Kreuzungen, Beliebigkeit, Ameisengetummel. Dies Foto bringt eine Eigenschaft der Fotografie besonders deutlich zum Ausdruck: Lebewesen werden aufgenommen, aber wir sehen nur Hüllen, erstarrt.
Der vermeintlich sichere Beobachter wird irgendwann zurückkehren ins Gedränge ... Die Pfeile zeigen an, dass hier sonst auch Autos fahren. Ein Moment der Stille fast. Steigen wir mit dem

Voyeur hinab, lassen die Autos wieder hupen und sausen, gehen wir in die menschliche Einsamkeit, die hier ja nur kalt (anonym) gefasst, fern erfasst wird.
Gehen wir in eins meiner Gedichte, an das ich denken musste, als ich die Fotografie sah, aus dem Zyklus »Wetterfelder« darin: »Verschwommene Ränder «

Fahrten lauter Lichter, Eisentüren, über uns Cassiopeia unwillkürliche
Reflexe verwischten die Momentaufnahme *(Schattenwände standen)* –
der Puls der Ampelschaltungen, einen Brief in der Seitentasche liefst du
verliefst dich im Dunst, plötzliche Panik trieb an: im Strom der Stadt

(strömender Regen) – Müdigkeiten überschwemmten, ein Detail verlagerte
seine Referenz. die ganze Weite ringsum riß auf, Folge ineinander
drängender Luftströme. im Café der Abglanz eines jubelnden Bildes
(lightning fields) – die diffuse Angst, unter Überlebenden zu sein

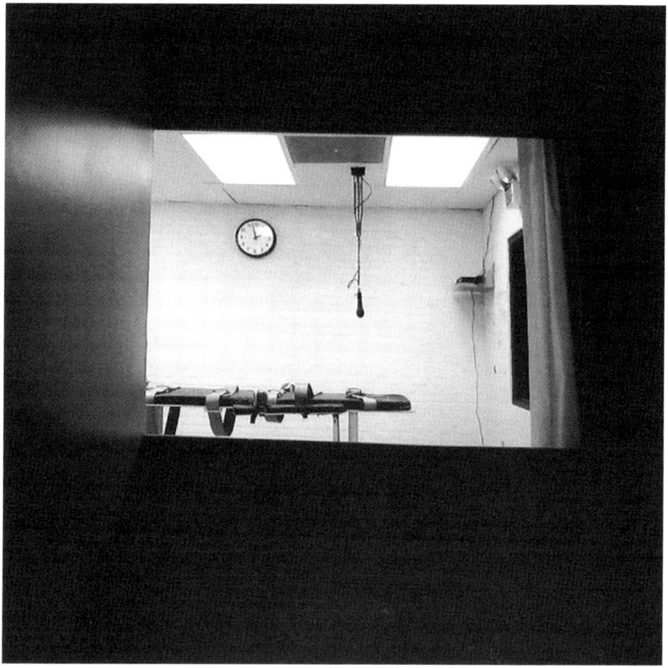

The Omega Suite - Lethal Injection Chamber from Family Witness Room, Parchman State Penitentiary, Parchman, Mississippi, 1998 (Original in Farbe)

Er hat sie wieder klar vor Augen, diese Szene. Eine düstere Kammer. Jeder der grünen Plastikstühle darin ist besetzt. Das *Flapp-Flapp* der Klimaanlage, die nicht für frische Luft sorgt. Zu viele Leute. Ein zur Seite geschobener Vorhang am Ende der Kammer, der den Blick durch eine Glaswand auf einen grell erleuchteten Raum freigibt, wie auf einen Käfig im Zoo. Darin die Liege mit Schnallen, über der an einem langen Kabel ein Mikrofon pendelt, die Wanduhr dahinter.

Anfangs empfand er bei diesen Bildern Angst, dass der Delinquent nicht kommen würde und es einen erneuten Aufschub gäbe; dann so etwas wie Erleichterung, dass nun das Kapitel zu Ende gebracht wird. Dann gar nichts mehr. Wie wenn man sich die Wiederholung einer Fernsehsendung ansieht, die schon beim ersten Mal nicht besonders interessant war. Heute aber begleitet die Bilder ein ungewohnter Kitzel. Davon ist er erwacht.
Er könnte nicht sagen, wie oft er in den vergangenen acht Jahren diese Szene, die Kammer, vor sich gesehen hat. Oft. Die Bilder haben die Angewohnheit, sich ungefragt einzustellen. Ohne dass er es hätte steuern können, haben sie im Lauf der Zeit alle anderen Erinnerungen überdeckt. Die Fotos von Clarissa und Chaplin, die er überall in den drei Zimmern seiner Wohnung in Silber- oder Goldrahmen aufgestellt hatte. Sie sind mittlerweile in die Kiste im Keller gewandert, in der er sorgfältig alle Sachen seiner Frau und seines Sohnes verpackt hatte. Die Abendkleider, das Spielzeug. Weshalb und für wann eigentlich, das weiß er nicht. Denn dass er sie hervorholt und anschaut, ist in all den Jahren nicht einmal vorgekommen.
Ebenso hat das Bild von der Kammer jene zwei Polizeifotos verdrängt, auf denen Clarissa und Chaplin zu sehen waren, zusammengekrümmt, der Junge an seine Mutter geschmiegt, hinter einem Regal mit Gemüsekonserven, von dem sie sich vielleicht Schutz erhofft hatten; beide durch das Gas binnen Sekunden, wie es in der Gerichtsverhandlung immer wieder hieß, binnen Sekunden erstickt, der Delinquent hatte die neun Granaten per Fernsteuerung im Supermarkt detonieren lassen.
Er muss vor etwa drei Stunden eingeschlafen sein, auf dem Wecker auf seinem Nachttisch ist es 19 Uhr. Vielleicht war es die

späte Wirkung des Mirtazapins und Promethazins, die er nach der schlaflosen letzten Nacht am Morgen eingenommen hatte, um am Abend so aufnahmefähig wie möglich zu sein. Heute ist der Tag. Er hatte sich schon zu Mittag für die Fahrt bereit gemacht: Krawatte und schwarzer Anzug, der jetzt leider durch das Nickerchen verknittert ist. Im Badezimmer überprüft er noch einmal sein Aussehen. Gestern war er beim Friseur.

Noch sind es zwei Stunden bis zum Aufbruch. Zu früh sollte er nicht im Gefängnis erscheinen, denn dann würde er sich mit den anderen Angehörigen unterhalten müssen und das will er, so gut es geht, vermeiden. Nach Clarissas und Chaplins Tod war er ja zu den Treffen der so genannten »Cincinnati Massacre-Group« gefahren, die so etwas wie eine Familie für ihn darstellte – für eine Weile. Anfangs hatte es geholfen, sich *auszutauschen*, wie es in der Einladung der E-Mail hieß. Doch bald hatte er diesen Konkurrenzdruck bemerkt: Mir geht es am schlechtesten; ich habe die meisten Angehörigen verloren. Mit Frau und Kind gehörte er zum oberen Drittel, dennoch hatte er die Gruppe verlassen und alle Anrufe danach ignoriert.

Wie automatisch setzt er sich jetzt auf die Couch. Es kommt gerade *Seinfeld*. Im TIME-Interview hat er gelesen, dass der Delinquent ebenfalls am liebsten *Seinfeld* sähe, was ihn jedoch nicht davon abbringen hatte können, sich weiter ebenfalls die Serie anzuschauen. Das zu bemerken, war ein kleiner Triumph. Ihm ist es gleich, ob der Delinquent zum Tode verurteilt ist oder nicht. Er teilt nicht die alttestamentarischen Ansichten einiger aus seiner »Massacre-Group«. Doch seit das Datum feststeht, besitzt es für ihn eine seltsame Bedeutung. An anderen Tagen gelingt es George, Kramer und Seinfeld, ihn für Minuten

abzulenken. Heute gehen ihm dafür zu viele Dinge im Kopf herum: Zwei Venenverweilkanülen, an jedem Arm eine, falls eine der beiden versagt. Zuerst Barbiturat Thiopental, dann Pancuromiumbromid, dann Suxamethoniumchlorid. Lähmung des Atemmuskels, dann Depolarisation des Herzmuskels. Der Delinquent wird durch eine Überdosis Mirtazapins und Promethazins in einen Dämmerzustand versetzt. Die Exekution dauert idealerweise bis zu fünf Minuten. Es gibt Fälle von bis zu 45 Minuten. Huntsville 1984. Er hat in den letzten acht Jahren einiges gelernt, zunächst durch seinen Anwalt, dann im Internet, dann in Fachzeitschriften – nicht unbedingt, weil er es wollte; nach der Beurlaubung von seinem Job in der Bank hatte er eben ausreichend Zeit, sich mit *den Dingen* zu beschäftigen. Manchmal denkt er, er weiß inzwischen genauso viel, wie der Henker oder der Delinquent, der sich sicherlich auch über *die Dinge* schlau gemacht hat. Er hat dieselben Seiten über Giftspritzen im Internet besucht wie der Delinquent, er hat dieselben Bücher gelesen.
Es ist halb acht, Zeit aufzubrechen und die U-Bahn bis zur letzten Station zu nehmen, von dort fährt das Sammeltaxi mit den anderen von der Gruppe um neun los. Er zieht sich den Mantel über, denselben, den er zur Beerdigung von Clarissa und Chaplin trug, und schließt die Wohnungstür hinter sich zweimal ab. Während er auf den Aufzug wartet, hat er plötzlich ein Bild vor Augen, ein neues: Die Couch, auf der er eben saß und zu der er in sechs Stunden zurückkehren wird. Der Fernseher. Der Tisch. Das Telefon. Der Kühlschrank. Das Bett, in dem er liegen wird. Seine Wohnung. Seine Kammer.

Vauxhall Circular, Kirkdale 1988

Eigentlich will der Fotograf Maler werden. Künstler sein. Ein richtiger Künstler mit Leinwand und Staffelei, dem Geruch von Terpentin in den Kleidern. Der Regen, denkt er, denn es regnet oft in seiner Gegend, und so ist es nur natürlich, dass der Regen in seinen Gedanken eine gehörige Rolle spielt, der Regen sollte auf das Dachfenster pochen wie Finger, die höflich um Einlass bitten. Als stünden die Galeristen bereits Schlange im Treppenhaus und einer nach dem anderen klopfte an die Tür und buckelte demütig bei der Begrüßung. Aber der Regen ist doch nur der gute alte verlässliche Liverpooler Regen wie er ihn kennt, und die Herren Galeristen thronen selbstzufrieden auf ihren eigentlich unbeque-men Designersesseln in ihren eigentlich geschmacklosen Glaspalästen im Zentrum. Wie sie dort in der Auslage sitzen, sieht es aus, als stünden die Galeristen selbst zum Verkauf. Nun kann natürlich ein Maler unmöglich seine Bilder immerzu durch den Regen tragen, wenn er auf Buckeltour zu den Galeristen geht. Und weil es wirklich viel regnet in dieser Gegend, ist das ein ernstes Problem. Ein Maler, denkt sich der Fotograf, der eigentlich Maler sein will, braucht eine Mappe mit Mustern, Fotos am besten, die er leichthin herausziehen und stolz auf den Tisch werfen kann: sehen Sie selbst. Ein richtiger Maler braucht unbedingt einen Fotoapparat. Die erste Kamera ist nur geliehen. Eine Rolleicord, gedacht zur Inventarisierung der eigenen Bilder, ein Hilfsinstrument, ein Sklave im Dienste der Malerei, ein Ding, das achtlos im Atelier auf dem Fensterbrett liegt. Aber der Maler langweilt sich leicht. Weil er nicht Auto fährt, muss er den Bus durch Liverpool nehmen, nicht selten ist er den halben Tag unterwegs. Er kauft eine eigene Kamera. Kauft am selben Tag noch ein Buch mit Fotografien von August Sander. Was macht ein Fotograf, der eigentlich Maler sein will, in Liverpool mit einem August-Sander-Band und einer zweiäugigen Spiegelreflex? Wozu verguckt er sich wenig später in eine Leica mit leisem Verschluss? Um Bilder zu machen auf seinen Tagesreisen im Bus, Porträts der Mitpassagiere, Fensterbilder hinaus. An den Haltestellen warten Menschen mit ungeschütztem Gesicht. Frauen mit Einkaufstaschen, an der Hand klebt ein Kind. Er fotografiert die Landschaft der Stadt, die regenlackierten Straßen, das Tropfengewölk auf den Scheiben der Busse. Wieviele Handschriften der Regen hat, wie er die Busscheiben überschreibt, den Fassaden einen dunkleren Anstrich leckt, Silhouetten auflöst, wie der Scheibenwischer parallel zum Straßenfluss ausschlägt, die Blickrichtung lenkt, ein Wimpernschlag, der durchs Bild zuckt. Wie sich hinter der Pupille die Linse, hinter ihr die Busscheibe aufstellt, als käme man nie direkt an die Dinge heran, müsse erst durch ein Kabinett der Spiegel hindurch und Wahrnehmung sei die Kunst, uns die Spiegel zu zeigen, die wir sonst übersehen.

Heute wohnt der Fotograf, der eigentlich Maler werden wollte, in einem ehemaligen Gerichtsgebäude. Seine Dunkelkammer hat er in einem Kabuff untergebracht, das früher als Zelle für die Verdächtigen diente. Das Haus hat tausend Augen, die er öffnen müsste. Tausend Negative, abertausend Kontaktabzüge warten in den Schubladen auf Erlösung. Ich bin Jahre im Rückstand mit meinen Bildern, sagt der Fotograf, der eigentlich Maler werden wollte, ich dürfte über Jahre nicht vor die Tür, nichts Neues sehen, nur alte Augenblicke entwickeln. Der Regen pocht immer noch an die Fenster.

tom wood | peter glaser

»Wenn ich Kopfhörer aufsetze, seh ich schlechter«, sagte Etwick. Er dachte gar nicht daran, Kopfhörer aufzusetzen; in seinem Auto gab es auch keine Musik, obwohl es ein großer Wagen war, der leise lief und in dem Musik gut zum Tragen gekommen wäre. Ich nehme an, dass er die Musik wegließ, um sich mir ganz zuzuwenden; wir waren gute Freunde, die sich an diesem Tag nach gut dreißig Jahren das erste Mal wiedersahen. Oder aber Etwick hatte keine Musik an, weil er es wieder mal vergessen hatte.

Wir fuhren in einen Tunnel, der mir nach dem besorgniserregenden Flug auf großartige Weise klarmachte, dass ich wieder auf dem Boden angelangt war und ihn nun sogar durchmaß wie jemand, der im Schwimmbecken eines Hotels alleine das ganze Wasser für sich hat.

Im Flugzeug hatte mir ein kleiner Junge einen Zettel gegeben, auf dem von Hand geschrieben stand *In einem unbeobachteten Moment machte sich Lex Luthor mit mindestens 20 Schokoladetorten davon.* Ich war sicher, dass das kein kleiner Junge geschrieben hatte und versuchte, die Leute ausfindig zu machen, mit denen der kleine Junge reiste. Wir waren auf dem Weg in die Vereinigten Staaten, und die Maschine hatte gerade erst mit dem Überflug des Atlantik begonnen, als zu einem weiten, vor den Fenstern

glühenden Sonnenaufgang eine kleineres Feuer hinzukam und eines der Triebwerke zu brennen begann.
Nachdem das Flugzeug mit dem verbleibenden Antrieb in Liverpool gelandet war, dachte ich schon auf der Fahrt von der Landebahn in die Ankunftshalle daran, nach Etwick zu suchen und nachzusehen, ob er noch in der Stadt lebte. Hätte ich dazu telefonieren müssen, wäre daran nicht zu denken gewesen. Aber schon in der Halle, nachdem der Rechner aus dem Gepäck gehoben war, hatte ich Netz und wenige Zeilen später auch schon Etwick gefunden, seine Adresse, und dorthin eine Nachricht geschickt, die Minuten später beantwortet war: »Ich hol dich vom Flughafen ab. Freue mich sehr.«
Ich bin es gewohnt, allein und unabhängig vorzugehen. Manchmal gerate ich in sonderbare und schwierige Verfassungen, wie diesmal, wo ich die Fähigkeit zu telefonieren verloren hatte. Die Leute hier sprachen nicht einfach nur einen englischen Akzent, den ich kaum verstehen konnte; am Telefon wäre ich ohne Zweifel stehengeblieben in einem Tretrad unaufhörlicher Verständnisfragen, ohne einer Auskunft auch nur näherzukommen. Vielmehr war es so, dass alle mich zu verstehen schienen, obwohl ich nicht mehr als ein paar verstolperte Wendungen hervorbrachte, und mit jedem weiteren gescheiterten Versuch schwand meine Kraft, noch Verständigungsanstrengungen zu unternehmen. Es war, als habe die Idee des Absturzes sich in mir festgesetzt und suchte sich nach der gelungenen Landung einen anderen Weg zum Erfolg.
Wir ließen den Tunnel hinter uns, und ich kam in dem angenehmen Gefühl an, mich wieder ganz gewöhnlich über die Erdoberfläche zu bewegen, und es regnete. Es war ein dünner

Regen, sodass Etwick immer erst eine Weile wartete, ehe er die Scheibenwischer für ein, zwei Schwünge anschaltete, und es war ein billiger, grauer Dunst, aus dem es regnete, kein Geld mehr. Kurz bevor Etwick nach England ausgewandert war, hatte er versucht, sich mit einer außerordentlich hohen Dosis LSD umzubringen; ein grundsätzlich unmögliches Unterfangen, es sei denn, man fällt von einem Balkon. Während er auf den Tod wartete, geschah etwas anderes, und er lag drei Tage und Nächte lang in einem Zimmer unter dem Gewicht der bloßen Anblicke begraben, wie unter einem eingestürzten Gebäude.

Danach lebte er erst davon, Musikinstrumente zu reparieren, später dann, Instrumente zu bauen, bis jemandem auffiel, dass er nicht nur ein guter Musiker war, sondern im freien Spiel über ein ungewöhnliches Talent der Vorausschau verfügte, das jede Wendung von Mitmusikern immer schon zu wissen und wunderbar anzureichern imstande war. Und schließlich wurde klar, dass Etwick zur Vorausschau auch in anderen Bereichen fähig war. Seit langem arbeite er nun schon *in der Geldwirtschaft*, sagte Etwick, und ich kannte ihn gut genug, um zu wissen, dass der Ausdruck in der Geldwirtschaft kein Zeichen von Ungeschick war, sondern Zurückhaltung. Die Durchgangsstraße, die wir entlang fuhren, verlief nun durch ein Stadtgebiet, das von allem zu wenig hatte, zu wenig Häuserzüge für ein Wohngebiet, stattdessen ab und zu ein einzelnes Gebäude, wie aus einem Gebäudeschelf abgebrochen und in das billige Grau herübergeschwemmt, zu wenig Hallen und Lastwagenparkplätze für ein Gewerbegebiet, stattdessen leere Sandflächen neben gleichfalls vereinzelt stehenden alten Lagerhäusern aus rußgeschwärzten Ziegeln und Industriefenstern.

Der Asphalt war hell, wie er es manchmal auf sehr stark befahrenen Straßen ist, und diese Helligkeit war selbst jetzt erkennbar, wo der Asphalt unter dem Regen frisch und dunkel schien, und im Glanz der Nässe seine körnige Tiefe öffnete. Ich flog wieder, und kein Triebwerk brannte mehr. Ich empfand ein großes Glück an diesem Ort, das ich mir nicht erklären konnte, aber zum Glück wird durch ein erklärtes Behagen auch nichts besser. Etwick schien etwas bemerkt zu haben. Er fuhr langsamer, sagte aber nichts.

Seine Wohnung war sehr groß, und ich war nicht sicher, wie erfolgreich er in der Geldwirtschaft war, als ich in einem der Zimmer etwa zwanzig Dackel aus Pappmaché sah, glanzlackiert und in Siebzigerjahrefarben geringelt. Auch nachdem ich erfahren hatte, dass seine Freundin Schaufensterausstattungen für Optikerläden vermietete, zweifelte ich, dass es das war, was ich mir unter der guten Partie eines Brokers oder Hedgefonds-Manns vorzustellen hatte. Etwick schien neuerlich etwas bemerkt zu haben. Er lachte und der Horizont wich zurück. In der Wohnung wich der Horizont zurück, so wie er hinter dem grauen Dunst hinausgerückt war ins Weitere, draußen auf dem nassen, glücklichen Stück Straße.

Etwick zeigte mir, wo ich schlafen würde. Aus dem Fenster konnte ich über den Fluss sehen, und sofort suchte ich an dem grauen Flussband den Verlauf der Straße, dort, wo wir durch das Glück gefahren waren. Wir gingen nochmal los, Etwick wollte mir etwas von der Stadt zeigen, wollte mir etwas von der Zeit zeigen, die für uns beide vergangen war. Er zeigte mir ein rot und schwarz bemaltes ehemaliges Feuerschiff an den Docks, in dem nun ein Aufnahmestudio untergebracht war, und ich bin sicher,

dass ein Wink von mir genügt hätte, und Etwick hätte sich doch wieder als Musiker zu erkennen gegeben und diese ganze Geldwirtschaftsgeschichte zurechtgerückt als etwas, über das man sich bei ein paar Glas Bier lustig machen würde. Er führte mich in ein prachtvolles Pub, aber alles Typische bedrückte mich, das Solide, Altgediente, dieses mit beiden Armen aus einem unerschöpflichen Vorrat an Herkömmlichkeit Genommene und frisch und satt ausgelegte Ortsübliche brachte nichts zustande, als dass ich mich immer fremder fühlte.
Wir versuchten es danach noch in einer Bar, wie es sie seit ein paar Jahren unterschiedslos an vielen Orten der Welt gibt, aber es war bereits zu spät, und ich war auch in dieser Falle des Typischen gefangen.
»Komm«, sagte Etwick, und wir fuhren von den Docks wieder stadteinwärts in den grauen Dunst, der inzwischen schwarz und hell war, und in der Helligkeit unter den hohen Straßenlampen rieselten raumtiefe Schraffuren aus Regen. Am Gehsteig kamen uns junge Männer entgegen, die Kampfhunde führten, und es roch nach nassem Asphalt und nassem Beton und nach nassem Blech und nassem Laub, und mir fiel auf, dass Etwicks Mantel sehr teuer gearbeitet war. Er hatte die Schultern ein wenig hochgezogen und war wie ich froh, in dieser Nacht an diesem Ort und am Leben zu sein und mit einem Freund durch den Regen zu gehen. Ich wusste noch nicht, ob ich am nächsten Tag wieder zurückfliegen sollte oder neuerlich nach Amerika wollen, oder mit Etwick noch ein paar Tage lang der Vollkommenheit dieses Orts beim Vergehen zusehen.

tom wood | sabine scho

»But we never leave the past behind
We just accumulate«
Joe Jackson, Home Town

Die Provinz im Leben. Auch ich kenne sie gut. Dabei ist Liverpool keine Kleinstadt wie Ochtrup, aber wer Außenbezirke wie Kirkdale belichtet, wird wohl etwas wissen vom Gefühl eines Lebens *out of focus*, wie es auch mich geprägt hat und mir abrufbar bleibt, selbst wenn ich seit einigen Jahren in einer 12-Millionen-Metropole hocke.
Unter Thatcher war für Tom Wood, zumal als irischer Fotograf, die *Splendid Isolation* in Großbritannien sicher mehr als bloß sprichwörtlich spürbar. Umgehungsexistenzen auf Umgehungsstraßen, nicht selten begleitet von der fixen Idee eines umgehungsnassen Aufstiegs.
Weg von den Analphabeatles, hin zur Musik der glücklicheren Zufälle. Davon mag ebenso Wood geträumt haben, als er die Achtziger hindurch Bus fuhr und von einem Fahrgastsitz aus Mitfahrende, Liverpool und seine Bewohner fotografierte. *All zones off peak* heißt die Knipserepiphanie des linienbusgeführten Blicks. Nebensaison und kein Ende absehbar. Das heißt Provinz. Und sie betrifft genau so Menschen in den großen Städten. Wood bewies mit seiner Zonenstudie ein unbegrenztes und unendliches Gespür für auslastungsschwache Zeiten bei

größtmöglicher Belastung der lohnabhängigen Population mit langem Arbeitsweg.

Imagine there's no heaven / It's easy if you try. Und regnen tut es ohne Unterlass aus diesem Nichts von verhangenem Himmel.

Wetter und Geld. Zwei schwer zu beherrschende Integrationsmächte des eigenen Seins, auf die man ohnehin viel zu wenig Einfluss hat.

Pennies do not come from heaven. They have to be earned here on earth, predigte die Iron Lady einst den Briten und schrumpfte die soziale Demokratie mit der Kopfsteuer gesund. Machn Kopp zu, deine Meinung is hier nicht gefragt! So kam das bei den Pennyverdienern vermutlich an. Ich erinnere mich an eine Szene aus *Taxi Driver*: im Wahlkampfbüro diskutiert man, wo die Betonung liegt beim Slogan Wir sind das Volk!

Geradeaus geht es zu den Docks, links zum Flughafen und den Autofähren. Wood saß gleich vorne, vermutlich auf dem Sitz für Alte, Schwangere und Bedürftige, als er durch die Windschutzscheibe den bepissten Tag einer entvölkerten Ausfallstraße fotografiert hat. *Above us only sky,* hinter seinem Rücken, *imagine all the people / Living for today.*

krass clement | katrin askan

Vesterbro, 1986

Was im Kopf vorweggenommen wird, ist von der Verwirklichung ausgeschlossen. Haftbar gemacht werden kann dafür nur der Besitzer des Kopfes. Niemand sonst.

Es muss im Herbst gewesen sein, ein Jahr in der Mitte der Achtziger, als ich, in Begleitung eines Kindes, die Vesterbro überquerte. Ich hatte mich ihm anvertraut, weil es unbeirrbar schien und trotz des Nebels – wie alle Kinder – viel klarer sah. Auch fühlte ich mich sicher, weil man sich selbst bei schlechtester Sicht auf einer Brücke kaum verlaufen kann, man muss nur das Geländer fassen und an ihm entlang gehen; unser Ziel war eindeutig. Wir wollten hinüber.

Der Tag hatte sich nicht ganz von der Nacht getrennt, er war düster geblieben, die Luft feucht und kalt, und unter unseren

Schuhen schien hin und wieder Reif zu glitzern, dann versuchte ich, mit den Sohlen über den Beton zu schurren, ob ich ins Schlittern geriet, aber es entstand nur ein merkwürdiges, fast hohles Geräusch unter mir, und die Bewegung, die sich so gern verselbständigt hätte, brach ab. Der Gang hinüber wäre mir also vielleicht viel weniger stark in Erinnerung geblieben, wenn wir auf der anderen Seite, fast am Ufer, nicht ihn getroffen hätten. Der Nebel enthüllte seine Gestalt allmählich, je näher wir kamen, und genauso langsam wurde mir bewusst, dass da einer vor uns am Geländer auf uns zu warten schien. Es war zu spät, um umzukehren, und obwohl das Kind an meiner Hand in heller Aufregung war und zur anderen Brückenseite strebte, ging ich im selben Tempo weiter; ich wollte es vermeiden, seinen Jagdtrieb zu wecken, wollte für ihn keine Beute sein. Als wir fast auf seiner Höhe waren, stellte er sich uns in den Weg. Er lächelte. Und wirkte dennoch - brutal. Das Kind versteckte sich hinter meinem Rücken und kniff mir vor Angst in die Seiten.
Was willst du hier, fragte er, seine Stimme kratzte und war im Verhältnis zu seinem bulligen Körper viel zu hoch.
In diesem Moment nahm ich hinter ihm schemenhaft im Nebel die Stadt wahr, die ich noch nie zuvor mit eigenen Augen gesehen hatte, zu der es mich jedoch unwiderstehlich hinzog. Ich hatte mir so viele Vorstellungen von ihr gemacht und musste sie endlich auf die Probe stellen, selbst auf die Gefahr hin, dass meine Träume zerbrachen, denn ich wollte ja weiter, auch um diesen Preis.
Doch er machte keine Anstalten, uns vorbei zu lassen, er, den ich in diesem Moment als den Wächter der Brücke betrachtete und als den Wächter meiner Freiheit auch, er schien beides zu

verkörpern, war zugleich Gerüst und Fundament und das Meer an uneingelösten Möglichkeiten. Wahrscheinlich wusste er bereits, was ich erst heute, mit dem Abstand der Zeit, verstehe, dass ich in diesem Augenblick alles erreicht hatte, wonach ich mich sehnte, und dass mich jeder weitere Schritt von meinem eigentlichen Ziel wieder entfernte, auch wenn ich lange glaubte, weiter darauf zuzugehen.

In meiner Not versprach ich ihm, einen Fotografen vorbei zu schicken und einen Text über ihn zu schreiben, der sein Schicksal wenden würde, ich glaubte in diesem Moment wohl selbst daran, er aber schien so überrascht, dass er mich weitergehen ließ. Schon nach wenigen Schritten spürte ich, dass mir das Kind nicht folgte, dennoch drehte ich mich nicht um. Und ich gebe auch zu, mein Versprechen sogleich wieder vergessen zu haben, ich erinnerte mich erst wieder daran, als ich zufällig ein Foto von ihm sah, und löse es hiermit ein. Den Text habe ich auch als Flaschenpost ins Meer geworfen, ich hoffe, dass sie ihn erreicht. Eine Antwort auf seine Frage bleibe ich ihm freilich weiterhin schuldig.

Ich grüße das Kind.

krass clement | steffen kopetzky

In dem Sommer, bevor mein Sohn auf die Welt kam, lebten wir in Hamburg. Jeden Abend ging ich in einen kleinen Park, um zu meditieren.
Einmal wurde dort eine Gruppe Jugendlicher auf mich aufmerksam. Einige von ihnen kannten den Anblick meditierender Menschen wohl aus fernöstlichen Kung-Fu-Filmen und so begannen sie, vielleicht zwanzig Meter vor mir, dem im Lotussitz Schwitzenden, improvisierte Kampfkunstübungen vorzuturnen, kamen nach etwa fünf Minuten näher und näher, und sprachen dann über mich, als ob ich ein Gegenstand wäre, den jemand vergessen hatte.
Ein besonders Frecher trat nahe vor mich hin, um mich zu fotografieren.
Als er mir schließlich das Display vor das Gesicht hielt, um auch mir zu zeigen, wie ich auf seiner Fotografie aussah, wurde meine Wut auf ihn riesig und sie wuchs noch, als ich tatsächlich einen Blick auf das Foto warf und nichts von meiner inneren Erregtheit darauf zu erkennen war. Nein, es war sogar so, dass der auf dem Boden kauernde kahlrasierte Mensch auf dem Abbild immer noch lächelte.
Ich konnte nicht länger an mich halten und brüllte.
Am nächsten Tag beschritt ich den selben Weg, unter der S-Bahn-Überführung am Hirschgraben hindurch, zu der kleinen

Bombenlücke, die Park geworden war, furchtsam und überaus aufmerksam, wie ein durstiges Tier, das unbedingt zu seiner Wasserstelle muss, obwohl dort in der Nähe die Raubtiere warten. Aber die Störenfriede waren wie vom Erdboden verschluckt. Der Garten war wunderbar.

Am dritten oder vierten Tag nach dem Vorfall ging ich leichten Schrittes nach Hause. Ich hörte auf das Geräusch meiner zu speckigen Badeschlappen heruntergelaufenen Flip-Flops. An einem Haus weiter oben stand ein massiger Mann mit glattrasiertem Schädel: an den graulackierten Stangen der Stufen zu einem Hauseingang führte er so etwas wie angedeutete Reckübungen durch. Dann stellte er sich wieder an seine Hauswand und blickte mir gelassen entgegen.

Als ich an ihm vorüberkam, dachte ich an den fotografierenden Jungen – und bemerkte, dass der Ärger ein gasgefüllter Luftballon war. Gerade noch ein gut zu erkennender Punkt, nun dem den leuchtenden norddeutschen Sommerhimmel absuchenden Auge plötzlich und mit einem Mal entschwunden.

Ja, es war sogar so, dass ich für einen klaren Moment nicht mehr mit Bestimmtheit sagen konnte, wer in diesem Streit welche Rolle innegehabt hatte, es war mir, als sähe ich mich selbst aus einiger Entfernung in lustiger Meditationshaltung auf dem Boden kauern, umgeben von nächtens verzehrten und liegengelassenen Lunchpaketen und blühenden Rhododendrenbüschen, die man auf die Kriegsruinen gepflanzt hatte.

Pfaffenhofen, 26. Dezember 08

N.Y., The EL, 1950er Jahre

Aussage Nr. 2

Clemens K.: Hol's der Teufel! Kranke Eifersucht muss ihn dazu getrieben haben ...

Kommissar: Und Sie, was hat Sie dazu getrieben?

Clemens K.: Bitte, nicht schon wieder von vorne! Das habe ich bereits zu Protokoll gegeben: Ich habe mir nichts dabei gedacht! Außerdem muss es mindestens acht Jahre her sein, dass ich diese Köpfe abgeschnitten habe! Das konnte ich doch nicht ahnen, mein Gott! Ich bin Fotograf, kein Hellseher!

Kommissar: Und als Fotograf verschenken Sie Fotos.

Clemens K.: Ich verkaufe sie. Aber was soll das hier bedeuten?! Peter habe ich im Laufe der Jahre wahrscheinlich um die zehn Stück geschenkt, und damals habe ich ihm eben auch dieses überlassen.

Kommissar: Ich verstehe, aber bei einer solchen Beweislage kann ich unmöglich den Verdacht auf Komplizenschaft ausschließen.

Clemens K.: Sie sind irre.

Kommissar: Sie haben zugegeben, dass es sich bei den hier Fotografierten um den mutmaßlichen Täter und die beiden Opfer handelt.

Clemens K.: Ich habe gesagt, damals, vor acht Jahren etwa, habe ich Peter zufälligerweise auf der Straße getroffen. Wir haben uns eine Weile unterhalten, und als ich mich verabschieden wollte, habe ich von weitem Lucy und Marc erkannt. Sie wiederum waren in ein Gespräch vertieft und haben uns nicht gesehen ...

Kommissar: Ich bin ganz Ohr.

Clemens K.: Ich wollte mit der S-Bahn nach Hause fahren und habe gehofft, sie würden sie auch nehmen. Die wundervollen Lichtverhältnisse haben mich in ihren Bann gezogen: Ungefähr an dieser Stelle der Treppe habe ich gewartet und nach dem perfekten Ausschnitt gesucht.
Kommissar: Und bei dem schönen Bild ist Ihnen nichts Besseres eingefallen, als die Köpfe wegzulassen?
Clemens K.: Sie verstehen nur Bahnhof. Ich bin kein Verbrecher, sondern Künstler! In meinen Augen hatte diese Einstellung etwas Auratisches. Ich bin nicht der Mann, den Sie suchen!
Kommissar: Und Ihr Freund Peter?
Clemens K.: Was soll mit ihm sein? Er steht hier, am Rande, links. Dieses eine Hosenbein und der dazugehörige Schatten, das ist er.
Kommissar: Und weiter?
Clemens K.: Nichts weiter! Am nächsten Tag bin ich in die Diathek gefahren und habe ihn überrascht. Mit der Aufnahme wollte ich ihm eine Freude machen.
Kommissar: Das kann ich mir wohl denken ... Wie hat er reagiert?
Clemens K.: Das Bild hat ihn gerührt. Ich hatte es auf der Rückseite signiert und außerdem noch geschrieben: »P., L. & M., die drei, die den Verstand verloren haben.« Ein Einfall, ein Scherz, nicht mehr und nicht weniger ... Einen Tag später hat Peter mich im Atelier angerufen und gesagt, diese Aufnahme sei wahre Kunst.
Kommissar: Sie werden nicht widersprechen, wenn ich anmerke, aus heutiger Perspektive sollte diese Angelegenheit in einem anderen Licht betrachtet werden, Herr Fotograf!

Clemens K.: Sie sind lustig!
Kommissar: Finden Sie?
Clemens K.: Großer Gott, wie konnte das passieren?
Kommissar: Das würde ich gerne von Ihnen erfahren.
Clemens K.: Woher soll ich das wissen, verdammt?! Ich hätte ihm so etwas nie und nimmer zugetraut!
Kommissar: Ich frage Sie noch einmal, Herr Kalischer: Wo waren Sie gestern Abend zwischen 21.00 und 22.30 Uhr?
Clemens K.: Und ich kann es nur wiederholen: zu Hause, Herr Kommissar. Ich habe ferngesehen, eine Kleinigkeit zu mir genommen und mich schlafen gelegt.
Kommissar: Kann das jemand bezeugen?
Clemens K.: Nur mein Kater.
Kommissar: Ich finde es immer noch nicht witzig.
Clemens K.: Ich erst recht nicht! Sie wollen, dass ich in eine Falle tappe, Sie wollen mich in den Wahnsinn treiben, aber ich warne Sie: Sie sind derjenige, der im Dunkeln tappt. Ich habe mit dieser vertrackten Geschichte nichts zu tun! Wir drehen uns im Kreis, Herr Kommissar! Ich flehe Sie an, glauben Sie mir, ich bin ...
Kommissar: Lutz Dille, sagt Ihnen der Künstlername Lutz Dille

[Aussage Nr. 1 siehe: Lutz Dille, In front of the MOMA, 1959]

clemens kalischer | thomas pletzinger

82nd street jackson heights

samstags im april bei wal mart eingekauft.
auf den billigen fliesen zirpt mein herz einfältig
wie grillen, wie die achtziger turnschuhjahre,
und färbt in schlieren grau ab.

meine frau wirft osterglocken in den wagen
und schiebt dann weiter zum bier,
ein singen im supermarktgebälk,
gerade vorbei am hohen c.

ich will mich an das gelb der schokoriegel,
der blumen, der trash-klamotten erinnern.
im servicebereich lagern trinker, wir warten
wippen summen, und wal mart radio spielt

that'll be the day

buddy holly, frühjahr 1958, jfk airport
hieß noch idlewild, es gab noch keine
transferbusse (sie müssen die hochbahn nehmen),
eilig und kopflos die mädchen von queens,
new york, *the boys in double-breasted sunday suits*

»am samstagnachmittag wird buddy landen!«
sie haben urlaub nehmen dürfen, am morgen
haben sie die treppenstufen rauf zur linie sieben
(82nd street jackson heights) für küsse nutzen können,

die sonne verfängt sich in den gittern, im rauch
der brezelstände heizungsschächte hühnergrills,
der zug rollt ein, die mädchen tragen eierschale und
zartblau, sie rennen rauchen zigaretten wippen summen

that'll be the day

schließlich zahlen wir, unsere währung
hat den dollar überholt, selbst jahrzehnte später
kommt der frühling immer gerade richtig,
überall musik, wal mart, jackson heights, in ihren augen.

Vor dem MOMA, N.Y.C., 1959

Das Bild im Bild als Erzählung vom Blick. Hier gleich der Blick als Erzählung vom Bild und wie sich der Blick darauf richtet, in einer ganz bestimmten Zeit. Zuschauen beim Zuschauen. Und wohin sieht der Mann im Hintergrund. Versucht er mitzusehen oder ist es ihm gleichgültig, was das Paar da betrachtet. Die Dias in den Pappendeckelrahmen, die dann in die Glasrahmen gebracht werden mussten, damit sie länger halten würden. Familienabende, bei denen diese Glasrahmen geklebt werden mussten und die Bilder beschriftet wurden. Dann erst konnten sie vorgeführt werden. Die Diaabende, für die eine Leinwand entrollt wurde und eine Kleinversion von Kino nach Hause gebracht wurde. Und die Scherze zu den Bildern. Oder die Erklärungen.

»Das ist ...« »Das war ...« »Das sind wir vor den Thermen des Caracalla.« Diapositive wurden in die Sprache verlängert. Die Bilder allein reichten nicht. Ein laufender Kommentar musste mitgeliefert werden. Diaabende. Diavorträge. Diashows. Auf diesem Bild findet die Auswahl noch statt. Die Dias in ihren Pappendeckelrahmen aus dem Fotogeschäft werden durchgesehen und noch gibt es die Lust der Erwartung. Ob die Dias etwas geworden sind. »Sind die Bilder etwas geworden?« wurde damals gefragt, weil sich erst nach dem Entwickeln etwas sagen ließ. Und wenn die Bilder etwas geworden waren, dann war eine Erinnerung gebannt. Dann war in einer Reihe von Diapositiven eine Reihe von Ereignissen und Beobachtungen zum Vorführen festgehalten. Erinnerung wurde in die Bilder gefasst und gemeinsam gemacht. Aber die Bilder mussten aus ihrer Stille durch den Kommentar herausgeholt werden. Diapositive schienen ohne den Kommentar und die Erläuterung eine besondere Stille zu entwickeln. Eine Entrückung des Bilds ohne die Sprache war das und das Bild fremd.

Das Paar. Das die Mitte des Bilds einnimmt und die Diapositive gegen das Licht hält. Die beiden werden gleich etwas sagen zu den Bildern. Dann, wenn sie die Serie durchgesehen und alle Dias genau angesehen haben, die der Mann in seiner Hand hält. Der alte Mann hinten. Dessen Blick durch die Brille verdeckt ist. Er wird nichts sagen. Er hat schon alles gesagt, so wie er da steht und er hat ja auch keine Diapositive in der Hand, zu denen er etwas sagen könnte.

lutz dille | jo lendle

Es war der Morgen vor der Sonnenfinsternis. Alle waren wir entzückt von der Aussicht auf das Ereignis. Man weiß so viel, es ist fast unmöglich, sich davon freizumachen. Die Zeitungen hatten alles auf die Minute berechnet, in der Bäckerei boten sie *Sweet Eclipse* an. Sie verkauften sie paarweise, Ed brachte zwei davon mit, aber es waren die gleichen runden Kekse, die sonst als *Ebony & Ivory* verkauft wurden, einer dunkel, einer hell, nur übereinandergelegt.

Als wir nach dem Frühstück hinunter auf die Straße traten, hieß es, man solle sich schützen, und Ed lief noch einmal hoch, um ein paar Glasbilder zu holen, die er über seinem Feuerzeug schwärzen wollte. Er lachte, als er zurückkam. Ich musste raten, was er gefunden hatte, aber ich kam nicht darauf.

Wir hätten nur zwei auswählen müssen, zur Not auch nur eines, wir hätten uns abwechseln können. Sie waren in Pergamentpapier eingeschlagen, und Ed holte immer weitere der kleinen Pakete hervor. Wir hielten die Bilder vor den Himmel und waren froh über jeden Moment, in dem es noch hell genug blieb. Wir sahen das alles wieder, es war fast nichts mehr zu erkennen. Ed stand ganz still, und manchmal musste ich mich an ihm festhalten.

lutz dille | maría cecilia barbetta

Aussage Nr. 1

Lutz D.: Unbändige Verzweiflung muss ihn dazu getrieben haben ...
Kommissar: Und Sie, was hat Sie dazu getrieben?
Lutz D.: Haben Sie den Verstand verloren?! Ich habe mir überhaupt nichts dabei gedacht! Sie kommen auf Gedanken ...
Kommissar: Wollen Sie etwa abstreiten, dass diese Aufnahme von Ihnen stammt?
Lutz D.: Nein, natürlich nicht.
Kommissar: Das Foto hat eine Widmung, auf der Rückseite.
Lutz D.: Ich weiß, na und?
Kommissar: Für mich sieht es danach aus, als hätten Sie Ihre Mitwisserschaft unterschrieben und eine durchaus gelungene Vorankündigung in Szene gesetzt! Die beiden ahnungslosen Opfer haben Sie im Vordergrund und den mutmaßlichen Täter hinter Gardinen platziert. Ich gratuliere, Herr Dille!
Lutz D.: Ich bitte Sie! Ich habe niemanden platziert, sondern versucht, den richtigen Augenblick für ein Künstlerfoto einzufangen, und von der Tat habe ich natürlich nichts gewusst!
Kommissar: Genau das überprüfen wir.
Lutz D.: Sie spinnen ja! Dieses Foto habe ich Peter als Gegenleistung für die Dias gegeben, die er für mich abgezogen hatte.

Kommissar: Dias? Was für Dias?
Lutz D.: Abstrakte Malerei: das Schwarze Quadrat, das Rote Quadrat, die Acht Rechtecke ... Kennen Sie Malewitsch?
Kommissar: Ich stelle hier die Fragen, Herr Dille, und während Sie auf meine Fragen zu antworten haben, nehmen meine Männer diese verdammte Diathek auseinander. Sie sind Fotograf, Maler, was denn nun?
Lutz D.: Ich bin Fotograf.
Kommissar: Und weiter?
Lutz D.: Nichts weiter. Ich habe mir ab und zu was aus Peters Depot ausgeliehen, manchmal habe ich bezahlt, manchmal nicht und ihm irgendwann einen Kontaktabzug oder eins meiner Fotos geschenkt, und so war es auch diesmal. Fotografieren ist meine Leidenschaft.
Kommissar: Und ich soll Ihnen glauben, dass Sie sich bei der – nennen wir es mal – Auswahl des Motivs nichts gedacht haben?
Lutz D.: Was heißt, nichts gedacht? Die Kamera habe ich immer bei mir, weil ich mein Umfeld gerne festhalte, eigentlich würde ich lieber die Zeit anhalten, aber das geht nicht. Im Nachhinein haftet ein unerträglicher Beigeschmack an jenem Akt, das ist auch mir klar.
Kommissar: Sie sind verstrickter, als Sie zugeben wollen! Am Tatort konnten wir eine interessante Abhandlung eines gewissen Thomas de Quincey ausfindig machen, und auf der ersten Seite steht der Name des Besitzers ...
Lutz D.: Ja, mein Gott! Das Buch habe ich Peter vor Jahren ausgeliehen! Er hat vergessen, es mir zurückzugegeben. Das passiert. Das ist doch kein Verbrechen!

Kommissar: Es sind außerdem sechs Diapositive sichergestellt worden. Die Daktyloskopie hat ergeben, die Fingerabdrücke darauf stammen von dem mutmaßlichen Täter und den beiden Opfern. Und jetzt lassen Sie mich raten: Es handelt sich mit großer Wahrscheinlichkeit um jene Diapositive, die auch auf Ihrem Foto zu sehen sind ... Na, was sagen Sie dazu?
Lutz D.: Gentileschi, Caravaggio ...
Kommissar: Bitte?
Lutz D.: Wenn Sie die Dias gesichtet haben, dann wissen Sie ja Bescheid! Die üblichen Verdächtigen halt: Salomé und der enthauptete Johannes der Täufer, Judith und der Kopf von Holofernes ...
Kommissar: Alle Namen aufschreiben!
Lutz D.: ... Bitte schön! Auf dem Tablett serviert! Aber ich warne Sie, es ist nicht das, was Sie denken! Das ist Kunst!
Kommissar: Ein grausames Ratespiel ist das, in welches der Täter und sein Komplize die Opfer verstricken wollten!
Lutz D.: Ein grässlicher Zufall! Oder ein Spiel von Peter, das ich nicht durchschaue, wenn Peter überhaupt der Mörder ist.
Kommissar: Wie gut haben Sie die beiden Opfer gekannt?
Lutz D.: Lucy und Marc waren anregende Bekanntschaften, denen ich bei Peter begegnet bin. Man hat sich jedes Mal sehr nett unterhalten. Peter, Lucy und Marc verband eine enge Freundschaft, welche sich in erster Linie über die gemeinsame Liebe zu Kunst und Literatur definiert hat. Lucy unterrichtet Kunstgeschichte, Marc ist Maler, ein ziemlich erfolgloser.
Kommissar: War Maler, und Kunstgeschichte muss jetzt jemand anders lehren.
Lutz D.: Darf man hier rauchen?

Kommissar: Da steht der Aschenbecher. Fahren Sie fort.
Lutz D.: Lucy und Marc haben zeitweise zusammen studiert. Sie waren, soviel ich weiß, nie ein Paar, aber dennoch unzertrennlich. Marc hat sich Fremden gegenüber gerne als Lucys Schatten vorgestellt. Wir haben darüber gelacht, auch Peter.
Kommissar: Erzählen Sie mir mehr von der sogenannten Freundschaft zwischen Täter und Opfern.
Lutz D.: Lucy und Marc sind schon während des Studiums zu Peter in die Diathek gekommen. So haben sich die drei nämlich kennen gelernt. Peter hat Lucy von Anfang an jeden Wunsch von den Lippen abgelesen. Etliche Aufträge hat er liegen gelassen, um das zu besorgen, was sie gebraucht hat und er nicht vorrätig hatte. Ich glaube, Marc hat er nicht so gerne gehabt wie Lucy, doch bei Peter ist es schwierig zu sagen. Er ist sehr verschlossen, ein wortkarger Typ. Marc aber hat Peter sehr bewundert, für seine Klugheit und Belesenheit ... Manchmal denke ich, wenn Marc nicht gewesen wäre, hätten Peter und Lucy ein schönes Paar abgegeben, obwohl sie seine Tochter hätte sein können. Eine Zeit lang hatte ich sogar den Eindruck, Lucy würde ihm Avancen machen ... Verzeihung, darf man das Fenster kippen? Ich ersticke hier.
Kommissar: Sicher. Hören Sie: Wir brauchen dringend jemanden, der die Köpfe und die Körper identifiziert, und Sie waren einer der letzten, der beide lebend ...
Lutz D.: Wenn es unbedingt sein muss.
Kommissar: Herr Dille, was ich Sie noch fragen wollte: Wo waren Sie gestern Abend zwischen 21.00 und 22.30 Uhr?
Lutz D.: Zu Hause, vor dem Fernseher. Ich habe eine Kleinigkeit gegessen und bin dann ins Bett.

Kommissar: Irgendwelche Zeugen?
Lutz D.: Arthur, mein Kater.
Kommissar: Sehr witzig.
Lutz D.: Sie machen die Witze, Herr Kommissar! Sie befragen den Falschen und stellen etliches auf den Kopf! Ich habe mit dieser vertrackten Geschichte nichts zu tun! Betrachten Sie das beschlagnahmte Schwarzweißfoto als eine Art Zufallsprodukt! Ich verbiete Ihnen, mir zu unterstellen, ich sei ...
Kommissar: Clemens Kalischer, sagt Ihnen der Künstlername Clemens Kalischer was?

[Aussage Nr. 2 siehe: Clemens Kalischer, N.Y. – The EL, 1950er Jahre]

biografische angaben zu den autoren

Katrin Askan, geboren in Berlin, studierte Germanistik und Philosophie, lebt seit 1996 als freie Schriftstellerin nach Jahren in Köln wieder in Berlin. Sie publizierte u.a. *A-Dur, Eisenengel, Aus dem Schneider* und die Erzählungen *Wiederholungstäter.* Im Frühjahr 2009 erscheint der Kriminalroman *Aufs Spiel gesetzt.* Auszeichnungen: u.a. Friedrich-Hölderlin-Förderpreis und 3sat-Preis (2001).

María Cecilia Barbetta, geboren 1972 in Buenos Aires, Argentinien, wo sie Deutsch als Fremdsprache studierte. 1996 kam sie nach Berlin. 2008 veröffentlichte sie ihren ersten Roman *Änderungsschneiderei Los Milagros.* Auszeichnungen: u.a. Alfred-Döblin-Stipendium der Akademie der Künste (2007), Autorenwerkstatt Prosa des Literarischen Colloquiums Berlin (2007), Förderpreis des Adelbert-von-Chamisso-Preis (2008)

Gunther Geltinger, geboren 1974 in Erlenbach am Main, studierte in Wien Drehbuch und Dramaturgie sowie an der Kunsthochschule für Medien in Köln. Sein erster Roman *Mensch Engel* ist 2008 erschienen. Auszeichnungen: u.a. Autorenwerkstatt Prosa des Literarischen Colloquiums Berlin, Rolf-Dieter-Brinkmann-Stipendium der Stadt Köln (2007), Aufenthaltsstipendien im Künstlerhaus Edenkoben und dem Künstlerhof Schreyahn (2009)

Peter Glaser, geboren 1957 in Graz, lebt als Schriftsteller und Journalist in Berlin, veröffentlichte u.a. *Rawums. Texte zum Thema, Schönheit in Waffen. Stories, Glasers heile Welt. Peter Glaser über Neues im Westen, 24 Stunden im 21. Jahrhundert. Onlinesein. Zu Besuch in der Neusten Welt.* Auszeichnungen: u.a. Ingeborg-Bachmann-Preis (2002)

Hendrik Jackson, geboren 1971, lebt als Autor und Übersetzer in Berlin. Er veröffentlichte die Bände *brausende bulgen – 95 Thesen über die Flußwasser in der menschlichen Seele, Einflüsterungen von seitlich,* sowie als Übersetzer aus dem Russischen Marina Zwetajewas *Poem vom Ende/Neujahrsbrief.* Zuletzt erschien der Gedichtband *Dunkelströme* (2006).

Auszeichnungen: u.a. Rolf-Dieter-Brinkmann-Stipendium (2002), Wolfgang-Weyrauch-Förderpreis (2005), Hans-Erich-Nossack-Förderpreis 2006.

Steffen Kopetzky, geboren 1971, lebt in Pfaffenhofen. Er veröffentlichte u.a. die Romane *Uneigentliche Reise, Einbruch und Wahn* und *Grand Tour*. 2008 erschien sein neuester Roman *Der letzte Dieb*. Er schreibt für den Rundfunk, verschiedene Zeitungen und Zeitschriften und verfasst Theaterstücke sowie Opernlibretti. Auszeichnungen: u.a. Hans-Magnus-Preis der ARD, Preis des Landes Kärnten in Klagenfurt, Else-Lasker-Schüler-Preis für Dramatik .

Judith Kuckart, geboren 1959 in Schwelm (Westfalen), lebt als Autorin und Regisseurin in Berlin. 1986 gründete sie das Tanztheater Skoronel, das sie bis 1998 leitete. Judith Kuckart veröffentlichte u.a. den Roman *Lenas Liebe*, den Erzählband *Die Autorenwitwe* sowie die Romane *Kaiserstraße* und zuletzt *Die Verdächtige* (2008). Auszeichnungen: u.a. Margarete-Schrader-Preis für Literatur der Universität Paderborn (2006), Deutscher Kritikerpreis (2004), Aufenthaltsstipendium der Deutschen Akademie in der Villa Massimo, Rom (1997/1998)

Sabine Küchler, geboren 1965 in Bremen, zog nach dem Studium der Germanistik und Theaterwissenschaft in Berlin nach Köln, wo sie als Redakteurin beim Deutschlandfunk arbeitet. Sie publizierte u.a. *Vom schwierigen Vergnügen der Poesie* (hrsg. mit Denis Scheck), den Gedichtband *Unter Wolken* sowie 2008 gemeinsam mit Denis Scheck die Übersetzung von Alison Bechdel *Fun Home. Eine Familie von Gezeichneten.*
Auszeichnungen: u.a. Förderpreis zum Friedrich-Hölderlin-Preis, Förderpreis des Landes Nordrhein-Westfalen. 2008 war sie als Stadtschreiberin im Rahmen des Projekts *Yakın Bakıs* in der Türkei.

Jo Lendle, geboren 1968 in Osnabrück, studierte Kulturpädagogik und Animation Culturelle in Hildesheim und Montreal und wechselte dann an das Deutsche Literaturinstitut Leipzig. Er war Herausgeber der Literaturzeitschrift *Edit* und als Gastprofessor und Dozent an verschiedenen

Universitäten tätig. Er lebt in Köln und arbeitet als Verlagslektor. 1999 erschien *Unter Mardern* und 2008 *Die Kosmonautin*. Auszeichnungen: u.a. Leipziger Förderpreis für Literatur.

Thomas Meinecke, geboren 1955 in Hamburg, lebt in einem oberbayrischen Dorf. 1978 bis 1986 war er Mitherausgeber und Redakteur der Avantgarde-Zeitschrift *Mode & Verzweiflung*. Er ist Musiker in der Band *Freiwillige Selbstkontrolle (FSK)* und Radio-DJ der Sendung *Zündfunk*. Unter anderem publizierte er die Bücher *Hellblau, Musik, Tomboy* und zuletzt *Jungfrau* 2008. Auszeichnungen: u.a. Tukan-Preis der Landeshauptstadt München (2004), Karl-Sczuka-Preis für Hörspiel als Radiokunst (2008).

Andreas Neumeister, geboren 1959, studierte Ethnologie und lebt in München. Unter anderem erschienen seine Bücher *Angela Davis löscht ihre Webseite* (2002) und *Könnte Köln sein* (2008). In Rom erschien sein Katalog *In dubio pro disco*. Er arbeitet auch visuell und mit Soundinstallationen.

Thomas Pletzinger, geboren 1975 in Münster, studierte Amerikanistik in Hamburg. Dort und in New York arbeitete er für Verlage und Literaturagenturen. Nach dem Studium am Deutschen Literaturinstitut Leipzig lebt er jetzt in Berlin. Sein erster Roman *Bestattung eines Hundes* erschien 2008. Auszeichnungen: u.a. Stipendien der Jürgen-Ponto-Stiftung und beim International Writing Program der University of Iowa. Prosanova-Literaturwettbewerb (2005), MDR-Literaturpreis (2006), Förderpreis zum Rheinischen Kulturpreis (2008).

Monika Rinck, geboren 1969 in Zweibrücken, lebt in Berlin. U.a. publizierte sie *Begriffsstudio* 1996 – 2001, den Lyrikband *Verzückte Distanzen* und den Essayband: *Ah, das Love-Ding!*, gefolgt vom Lyrikband *zum fernbleiben der umarmung*, 2007. Auszeichnungen: u.a. Förderpreis zum Hans-Erich-Nossack-Preis des BDI (2006), Ernst-Meister-Preis (2008).

Joachim Sartorius, geboren 1946 in Fürth, lebt heute in Berlin und leitet die Berliner Festspiele. Nach zwei Jahrzehnten im diplomatischen Dienst in New York, Istanbul, Prag und Zypern war er Generalsekretär des Goethe-Instituts. Er ist Herausgeber der Gesammelten Werke von Malcolm Lowry und William Carlos Williams und Übersetzer von u.a. John Ashbery, Wallace Stevens und E.E. Cummings. Er publizierte die Lyrikanthologie *Atlas der neuen Poesie* sowie verschiedene Gedichtbände. Zuletzt erschienen *Für die mit der Sehnsucht nach dem Meer* und *Hôtel des Etrangers*.

Sabine Scho, geboren 1970 in Ochtrup (NRW), studierte in Münster Germanistik und Philosophie. 2006 zog sie nach São Paulo. Sie lebt dort und in Berlin. 2001 erschien ihr Debütband *Album* (wiederaufgelegt 2008). 2008 erschien auch ihr neuer Gedichtband *Farben*.
Auszeichnungen: u.a. Leonce-und-Lena-Preis, Förderpreis zum Ernst-Meister-Preis, Literaturförderpreis des Landes Nordrhein-Westfalen und ein Residenzstipendium der Villa Aurora, Los Angeles.

Thomas von Steinaecker, geboren 1977 in Traunstein, lebt in München. 2007 veröffentlichte er den Roman *Wallner beginnt zu fliegen* und zuletzt *Geister* (2008).
Auszeichnungen: u.a. Autorenwerkstatt des Literarischen Colloquium Berlin, Open Mike in Berlin, aspekte-Literaturpreis, Bayerischer Kunstförderpreis, vom Kulturkreis der deutschen Wirtschaft erhielt er 2008 den Förderpreis für Literatur.

Saša Stanišić, geboren 1978 in Višegrad, machte 1997 Abitur in Heidelberg. Er studierte in Heidelberg und Leipzig. 2006 erschien sein Roman *Wie der Soldat das Grammofon repariert*.
Auszeichnungen: u.a. Kelga-Publikumspreis, Grenzgänger-Stipendium der Robert Bosch Stiftung, Adelbert-von-Chamisso-Preis und Förderpreis des Heimito von Doderer-Preises.

Marlene Streeruwitz, geboren 1950 in Baden bei Wien, studierte zunächst Jura und dann Slawistik und Kunstgeschichte in Wien. Sie arbeitete als Redakteurin für eine Öko-Zeitschrift und verfasste Hörspiele sowie grotesk-amüsante Theaterstücke. Außerdem veröffentlichte Marlene Streeruwitz Lyrik sowie mehrere Romane, zuletzt erschien 2008 *Kreuzungen*. Ihr theoretisches Werk (Tübinger und Frankfurter Poetikvorlesungen) dreht sich um die Frage, was Schreiben für Frauen bedeutet.
Auszeichnungen: u.a. Mara-Cassens-Preis, Österreichischer Würdigungsstaatspreis für Literatur.

Stefan Weidner, geboren 1967, lebt als Autor, Übersetzer und Chefredakteur einer auf arabisch, persisch und englisch erscheinenden Kulturzeitschrift in Köln. Für seine Übersetzungen arabischer Gedichte bekam er 2007 den Johann-Heinrich-Voß-Preis der Deutschen Akademie für Sprache und Dichtung, für seinen erzählten Essay *Mohammedanische Versuchungen* den Clemens-Brentano-Preis der Stadt Heidelberg 2006. 2008 erschien *Manual für den Kampf der Kulturen. Warum der Islam eine Herausforderung ist*.

Mona Yahia, 1954 in Bagdad geboren, emigrierte mit ihrer Familie 1971 nach Israel. Nach dem Militärdienst studierte sie Klinische Psychologie und arbeitete nach ihrem Studienabschluss als Psychologin in Tel Aviv. 1985 ging Mona Yahia nach Deutschland, an der Hochschule der Bildenden Künste in Kassel machte sie 1992 ihr Kunstdiplom. Seit 1997 lebt und arbeitet sie als Künstlerin und Autorin in Köln. 2002 veröffentlichte sie den Roman *Durch Bagdad fließt ein dunkler Strom*, zunächst auf Englisch. Auszeichnung: Wingate Literary Prize.

biografische angaben zu den fotografen

Barbara Berthold, geboren 1951 in Pleißa/Sachsen, studierte Fotografie an der Hochschule für Grafik und Buchkunst in Leipzig und arbeitete bis zu ihrer Ausreise aus der DDR 1984 freiberuflich als Fotografin. Sie wurde Dozentin an der Fotowerkstatt Berlin-Kreuzberg und künstlerische Mitarbeiterin an der Hochschule der Künste Berlin. 1998 erhielt sie einen Lehrauftrag für Fotografie an der Hochschule für Film und Fernsehen Babelsberg. Seit 1990 arbeitet sie als Kamerafrau, Regisseurin und Produzentin von Dokumentarfilmen.

Mercedes Barros, geboren 1957 in Rio de Janeiro, studierte an der New England School of Photography in Boston und der School of Visual Arts in New York. 1986 zog sie nach Köln, lebt seit 2002 jedoch hauptsächlich in Rio de Janeiro. Ihre computerbearbeiteten Fotomontagen zeigen die moderne Großstadt zwischen Verheißung und Schrecken. Werkserien wie *Guardaroupa* oder *Roupa Suja* wurden in Einzel- und Gruppenausstellungen gewürdigt.

Josef Breitenbach, geboren 1896 in München, arbeitete nach einer kaufmännischen Lehre ab 1932 als Atelier- und Pressefotograf und publizierte u.a. in der Berliner Illustrierte Zeitung und der Leipziger Illustrierte. 1933 emigrierte er nach Paris, wurde 1939 interniert und konnte 1941 nach New York fliehen. Als Fotoreporter reiste er für UNKRA (1952-53) und die UN sowie UNICEF (1956-67). 1984 starb er in New York.

Krass Clement wurde 1946 in Kopenhagen geboren. Er studierte Regie an der Dänischen Filmschule und drehte Kurzfilme, bevor er sich der Fotografie zuwandte. 1978 erschien der erste von zahlreichen Fotobänden (*Skygger of ojeblikke*). Große Aufmerksamkeit erhielt seine Dokumen-tation des Rockfestivals Roskilde 2003. Bekannt ist Clement für seine sozialdokumentarischen Aufnahmen städtischer Randgebiete.

Stéphane Couturier, geboren 1957 in Neully sur Seine, fotografierte zunächst industrielle Abrissbauten. Mit dem Projekt *Archéologie urbaine* (ab 1994) und der Serie *Landscaping* (ab 2001) dokumentierte er die Veränderungen städtische Räume. 2004 widmete die Bibliothèque Nationale dem Fotografen eine große Retrospektive. Couturier lebt in Paris.

Lucinda Devlin, geboren 1947 in Ann Arbor/Michigan, studierte ab 1971 Kunst und Fotografie an der Eastern Michigan University und dem School of Arts Institute in Chicago. Bekannt ist die Fotografin für ihre Serie *Omega-Suite*, eine Fotofolge zeitgenössischer Todes- und Hinrichtungszellen. Weitere Serien sind *Corporal Arenas* und *Subterranea*. Devlin lebt in Indianapolis, USA.

Lutz Dille, geboren 1922 in Leipzig, ging ab 1932 in die Lehre bei einem Fotografenmeister. Ab 1940 bei der Wehrmacht, wurde er an der Ostfront als Fotograf einer Aufklärungseinheit eingesetzt. Als Kriegsgefangener floh er 1946 aus einem französisches Arbeitslager. Er besuchte 1951 Fotokurse an der Hamburger Kunstakademie, reiste dann nach Paris, wo seine erste Fotogeschichte entstand. Nach Arbeiten für Film und Fernsehen (Experimental- und Dokumentarfilme) und als Dozent in Kanada und Großbritannien lebt Dille in Villeneuve sur Lot. 1967 erhielt er für sein Werk den Yousuf Karsh Award.

Abe Frajndlich, geboren 1946 in einem jüdischen Flüchtlingslager in Frankfurt-Zeilsheim, wanderte mit seiner Familie nach Israel aus, gelangte später über Frankreich und Brasilien in die USA. An der Northwestern University (Illinois) studierte er englische Literatur. Der Besuch eines Seminars bei Minor White 1970 weckte seine Leidenschaft für Fotografie. Die Porträtserie *Masters of Light* entstand. Frajndlich arbeitete von 1985 bis 1995 für das Magazin der FAZ, für die New York Times und den Londoner Observer. Er lebt und arbeitet in New York.

Lee Friedlander, geboren 1934 in Aberdeen/Washington, studierte von 1953 bis 1955 an der Los Angeles Art Center School. Seit 1956 in New York, porträtierte er zunächst Jazz-Musiker für Plattencover. Daneben entstanden freie Arbeiten. 1966 nahm er an der Ausstellung *Toward a Social Landscape* teil und war 1967 bei der Ausstellung *New Documents* im MoMA (N.Y.) vertreten. 1976 publizierte er *The American Monument.* Er erhielt Lehraufträge der University of California und der Rice University (Houston). Zahlreiche Preise ehren Friedlanders Werk. Das MoMA zeigte 2005 eine Retrospektive *Friedlander*.

Héctor García, geboren 1923 in Mexiko-Stadt, dokumentierte in den 30er Jahren fotografisch die Protestbewegung der Arbeiter seiner Heimatstadt und veröffentlichte die Bilder in einer von ihm eigens für die Unterstützung der Arbeiter gegründeten Zeitung. Ab 1946 studierte er Film und Fotografie. Sozialkritik durchzieht das gesamte Werk des Künstlers, der als Fotojournalist für mexikanische und internationale Publikationen arbeitete und sich überdies erfolgreich als Filmemacher betätigte.

Ara Güler, geboren 1928 in Istanbul, arbeitete ab 1950 für die Zeitung Yeni Istanbul und leitete ab 1961 die Bildredaktion der Zeitschrift Hayat. Als Nahost-Korrespondent lieferte er seit 1958 Fotoreportagen an Time Life, Paris Match und Stern. Er porträtierte vor allem seine Heimatstadt, daneben auch berühmte Persönlichkeiten wie Churchill, Dalí oder Gandhi. Die Zeitschrift Photography Annual zählte ihn 1961 zu den sieben besten Fotografen weltweit, für das MoMA (N.Y.) gehört er zu den »Zehn Meistern der Farbfotografie« und 1999 wurde er in der Türkei als »Fotograf des Jahrhunderts« ausgezeichnet. Güler lebt in Istanbul.

Fan Ho, geboren 1932 in Shanghai, ist Fotograf und Filmemacher. Seine Familie zog nach Hongkong, wo die ersten Fotoaufnahmen entstanden. Ho erhielt für seine Filme und die experimentellen, unkonventionellen Fotografien zahlreiche internationale Preise und Ehrungen. Bekannt sind die Schwarz-Weiß-Aufnahmen, in denen er das alltägliche Leben der multikulturellen Stadt Hongkong einfängt. Er schrieb fünf Bücher, zuletzt *Hong Kong Yesterday*. Ho lebt in Kalifornien und Hongkong.

Clemens Kalischer, geboren 1921 in Lindau am Bodensee, emigrierte 1933 nach Paris, wurde 1939 interniert und floh 1942 in die USA. In New York besuchte er Kurse an der Photo League und studierte an der New School for Social Research. Bekannt sind vor allem seine sensiblen Aufnahmen der *Displaced Persons*, der Flüchtlinge aus Europa am Ende der 1940er Jahre. 1955 war er bei der epochalen Ausstellung *The Family of Man* vertreten. Kalischer fotografierte u.a. für New York Times, Life, du, Boston Globe Magazin. Er lebt in Stockbridge (Massachusetts).

Aino Kannisto, geboren 1973 in Espoo/Finnland, beendete 2001 das Studium der Fotografie an der University of Art and Design (UIAH) in Helsinki. In ihrem Werk inszeniert sie sich selbst in unterschiedlichen Rollen und Identitäten und zeigt emotionale Gratwanderungen und beunruhigende Situationen im scheinbar Alltäglichen. Zahlreiche Ausstellungen würdigen das Werk der Künstlerin, die derzeit in Helsinki lebt.

Peter Keetman, geboren 1916 in Wuppertal-Elberfeld, begann seine Ausbildung 1937 an der Bayerischen Staatslehranstalt für Lichtbildwesen in München. Als Gründungsmitglied der Gruppe fotoform (1949) beeinflusste er entscheidend die »Subjektive Fotografie« der Nachkriegszeit und war auf allen wichtigen Fotoausstellungen der 1950er und 1960er Jahre vertreten. Zu seinen wichtigen Arbeiten zählt die Serie *Volkswagenwerk* (1953). Die Deutsche Photographischen Akademie zeichnete ihn 1981 mit der David Octavius Hill Medaille aus und 1991 erhielt er den Kulturpreis der Deutschen Gesellschaft für Photographie. Keetman starb 2005.

Barbara Klemm, geboren 1939 in Münster, absolvierte ihre Ausbildung in einem Atelier für Porträtfotografie. Zwischen 1970 und 2005 arbeitete sie für die FAZ mit dem Schwerpunkt Politik und Feuilleton. Zahlreiche Ausstellungen, Preise und Auszeichnungen dokumentieren den Erfolg der Fotojournalistin, die mit ihren Aufnahmen Zeitgeschichte reflektiert. Klemm lebt in Frankfurt a.M..

Arno Rafael Minkkinen, geboren 1945 in Helsinki, emigrierte 1951 in die USA. Er besuchte das Wagner College (bis 1967) und studierte Fotografie an der New School for Social Research, der School of Visual Arts und der Rhode Island School of Design. Er arbeitete als Werbetexter, Dozent und Fotograf. Bekannt sind vor allem seine Schwarz-Weiß-Aufnahmen mit dem verblüffenden Nebeneinander von Körper (Selbstporträts) und Landschaft. Minkkinen ist Professor an der University of Massachussets.

Pentti Sammallahti wurde 1950 in Helsinki geboren. Er ist vor allem für seine nordischen Landschaften und Menschen bekannt. Schon früh nahm er an Ausstellungen ambitionierter Amateure teil. 1969 entstand sein erstes Langzeitprojekt *Spring in the archipelago*. Er erhielt Lehraufträge am Lahti Institute of Design (1974-76) sowie an der University of Art and Design in Helsinki (1976-91). Zahlreiche Ausstellungen, Stipendien und Preise dokumentieren den Erfolg seiner Arbeiten, die in führenden Museen und Privatsammlungen der Welt vertreten sind. Sammallahti lebt in Helsinki.

Larry Sultan, geboren 1946 in Brooklyn/N.Y., studierte Politikwissenschaft an der University of California und ab 1973 Fotografie am San Francisco Art Institute, wo er zwischen 1978 und 1988 als Dozent tätig war. 1989 wurde er Professor für Kunst am California College of Arts and Crafts. Berühmt ist seine Fotoserie über den Produktionsalltag von Porno-Dreharbeiten im San Fernando Valley. Sultan lebt und arbeitet in San Francisco.

Antanas Sutkus, geboren 1939 in Kluoniskiai/Litauen, studierte von 1958 bis 1964 Journalistik in Vilnius. Der Mitbegründer und Präsident der Photography Art Society of Lithuania (PASL) begann 1976, die Menschen in Litauen fotografisch festzuhalten. Über Jahrzehnte hinweg fing er gesellschaftliche Veränderungen seines Heimatlandes ein und publizierte zahlreiche Bücher. Die FIAP zeichnete sein Werk mit der Goldmedaille aus, 1998 erhielt er den staatlichen Kunstpreis Litauens. Seit 1996 ist Sutkus Präsident der Gesellschaft Litauischer Kunstfotografen. Er lebt in Vilnius.

Alexander Timtschenko, geboren 1965 in Starnberg, studierte Kunstgeschichte an der Ludwig-Maximilians-Universität und Malerei an der Akademie der Bildenden Künste in München. Von 1992 bis 1999 assistierte er am Lehrstuhl Professor G. Winner. 1993 erhielt er den Förderpreis Junge Kunst (Frankfurt), 1995 den Bayerischen Staatsförderpreis und 1997 ein Stipendium der Bayerischen Staatsregierung. Zahlreiche Einzel- und Gruppenausstellungen im In- und Ausland zeigten seine fotografischen Werke.

Tom Wood, geboren 1951 in County Mayo/Irland, ist ein Vertreter der »New British Photography«. Er studierte Kunst an der Oxford Polytechnic und ab 1973 Malerei an der Leicester Polytechnic, bevor er sich der Fotografie zuwandte. Seit 1978 lebt er in Liverpool, und in den Straßen dieser Stadt entstanden seine zahlreichen Fotoserien. Den Anfang machte die Serie *Looking for Love* in einer Diskothek in New Brighton. Tom Wood ist Dozent u.a. in Liverpool, Oxford, und Nottingham.

Das Copyright für die abgebildeten Werke liegt bei:

Barros: © Mercedes Barros, Courtesy Galerie Gabriele Rivet | Berthold-Metselaar: © Barbara Berthold-Metselaar, argus fotokunst | Breitenbach: © Josef & Yaye Breitenbach Charitable Foundation, New York | Clement: © Krass Clement | Couturier: © Galerie Polaris-Paris et Stéphane Couturier | Devlin: © Lucinda Devlin • courtesy: Galerie m, Bochum, Germany | Dille: © Lutz Dille, argus fotokunst | Frajndlich: © abe frajndlich 1986 | Friedlander: © Lee Friedlander, courtesy: Fraenkel Gallery, San Francisco • Galerie Thomas Zander, Köln | García: © Héctor García | Güler: © Ara Güler/Magnum Photos • Agentur Focus | Ho: © Fan Ho | Kalischer: © Clemens Kalischer | Kannisto: © Aino Kannisto • courtesy: Galerie m, Bochum | Keetman: © F.C. Gundlach | Klemm: © Barbara Klemm, FAZ | Minkkinen: © Arno Rafael Minkkinen | Sammallahti: © Pentti Sammallahti. courtesy: Galerie Camera Obscura | Sultan: © Larry Sultan, courtesy: Galerie Thomas Zander, Köln | Sutkus: © Antanas Sutkus | Timtschenko: © Alexander Timtschenko | Wood: © Tom Wood

Trotz intensiver Bemühungen konnten wir nicht alle Urheberrechte ermitteln und bitten ggf. um Rückmeldung.

Die Herausgeber danken den Förderern
für die Unterstützung des Projekts licht|schreiben herzlich.

KUNSTSTIFTUNG NRW

Der Ministerpräsident
des Landes
Nordrhein-Westfalen NRW.

emons:

RheinEnergie
Stiftung | Kultur

Stadt Köln